Harry Potter
3

Harry Potter and
the Chamber of Secrets

ハリー・ポッターと
秘密の部屋

2-1

J.K.ローリング

松岡佑子＝訳

For Séan P.F. Harris,
getaway driver and foulweather friend

Original Title: HARRY POTTER AND THE CHAMBER OF SECRETS

First published in Great Britain in 1998
by Bloomsbury Publishing Plc, 50 Bedford Square, London WC1B 3DP

Japanese edition first published in 2000

This book is published in Japan by arrangement with
the author through The Blair Partnership

ハリー・ポッターと秘密の部屋　2-1　目次

ハリー・ポッターと秘密の部屋　2-2　目次

第1章　最悪の誕生日

プリベット通り四番地。朝食のテーブルでは今朝もまた小言の嵐が吹きまくっていた。バーノン・ダーズリー氏は、甥《おい》のハリーの部屋から聞こえてくるホーホーという大きな鳴き声のせいで、早々と起こされてしまったのだ。

「今週に入って三回目だぞ！」テーブル越しにおじのどなり声が飛んできた。「あのふくろうめを黙らせられないなら、始末してしまえ！」

「閉じこめられて、うんざりしてるんだよ。いつも外を飛び回っていたんだもの」ハリーはいつもと同じ言い訳を繰り返した。「夜にちょっとでも外に放してあげられたらいいんだけど……」

「わしがそんなまぬけに見えるか？　あのふくろうめを外に出してみろ。どうなるか目に見えておるわ」

バーノンおじさんは、巨大な口ひげの先に卵焼きのかけらをぶら下げたままうなる。そして、とんでもないとばかりにおばのペチュニアと顔を見合わせた。

言い返そうとしたハリーは、ゲーッププーッという長い大きな音で言葉を込《の》み込んでしまった。ダーズリー家の一人息子、ダドリーだ。

「もっとベーコンがほしいよ」

「フライパンにたくさん入ってるわよ。かわい子ちゃん」ペチュニアは巨大な息子をうっとりと眺めた。「せめて、うちにいる間は、たくさん食べさせてあげなくちゃ……学校の食事はなんだかひどそう……」

「ばかな。ペチュニアや、このわしがスメルティングズ校にいたころは、空腹なんぞ感じたことはなかった」おじさんは満足げに言った。「ダドリーは十分食べているはずだ。坊主、ちがうかね?」

ダドリーの大きいことといったら、尻がキッチンの椅子の両脇からはみ出して垂れ下がるほどだった。ダドリーはニタッと笑い、ハリーに向かって「フライパンを取ってこい」と言った。

「君、あの魔法の言葉をつけ加えるのを忘れたね」ハリーがいらいらと答えた。

ハリーはごく普通のことを言っただけなのに、それがダーズリー一家に信じられないような効き目を表した。ダドリーは息を詰まらせて椅子から滑り落ち、キッチンがグラグラッと揺れた。ペチュニアおばさんはキャッと悲鳴を上げ、両手で口をパチッと押さえる。そして、バーノン・ダーズリー氏ははじかれたように立ち上がった。こめかみの青筋がぴくぴくしている。

ハリーはあわてて言った。「『お願いします』のことだよ。別に僕……」

「おまえに言ったはずだな？」バーノンの雷が落ちた。「この家の中で『ま』のつく言葉を言ったらどうなるか」おじさんはテーブルのあちこちに唾《つば》を吐き散らしながらわめいた。

「でも、僕――」

「ダドリーを脅すとは、ようもやってくれたもんだ！」バーノンおじさんは拳《こぶし》でテーブルをバンバンたたきながら吠《ほ》えた。

「僕、ただ――」

「言ったはずだぞ！　この屋根の下でおまえがまともじゃないことを口にするのは、このわしが許さん！」

ハリーは真っ赤なおじの顔と真っ青なおばの顔をじっと見た。ペチュニアおばさんはダドリーを助け起こそうとしてウンウンうなっている。

「わかったよ。わかってるんだ……」ハリーがつぶやいた。

バーノン・ダーズリーはまた椅子に腰を下ろしたが、息切れしたサイのようにフーフー言いながら、小さな鋭い目でハリーを横目で睨《にら》みつけた。

夏休みでハリーが家に帰ってきてからというもの、おじのバーノンは、ずっとハリーをいつ爆発するかわからない爆弾のように扱った。なにしろハリーは普通の少年ではない。それどころか、思い切りまともではないのだ。

ハリー・ポッターは魔法使いだ――ホグワーツ魔法魔術学校の一年生を終えたばかりのほやほやだ。ハリーが家にもどってきて、ダーズリー一家もがっかりしただろうが、ハリーのほうがもっとずっとがっかりしていた。

ホグワーツが恋しくて、ハリーはまるで絶え間なく胃がしくしく痛むような気持ちだった。あの城、秘密の抜け道、ゴーストたち、クラスでの授業（スネイプ先生の『魔法薬』だけは別だが）、ふくろうが運んでくる郵便、大広間でのパーティのご馳走。塔の中の寮《りょう》で天蓋《てんがい》つきのベッドで眠ったり、「禁じられた森」の隣の丸太小屋まで森番のハグリッドを訪ねたり……それに、なんと言ったって、あの魔法界一の人気スポーツのクィディッチ（高いゴールが六本、空飛ぶボールが四個、箒《ほうき》に乗った十四人の選手たち）……。

ハリーの呪文の教科書も、魔法の杖《つえ》も、ローブも、鍋《なべ》も、最高級の箒ニンバス２００も、家に帰ったとたん、おじのバーノンが階段下の物置に押し込んで鍵をかけてしまった。夏休み中一度もクィディッチの練習ができずにハリーが寮のチーム選手から外されようが、ダーズリー一家にとっては知ったことじゃない。宿題を一つもやらずに学校にもどったって、ダーズリー一家はへっちゃらだ。ダーズリー一家は、魔法族から「マグル（魔法の血が一滴も流れていない）」と呼ばれる人種で、家族の中に魔法使いがいることが、この一家にしてみればこの上なく恥ずかしいのだ。バーノンおじさんはハリーのふくろう、ヘドウィグを鳥籠《とりかご》に閉じ込め、南京錠《なんきんじょう》までかけて、魔法界のだれにも手紙を運んだりできないようにしてしまった。

ハリーはこの家族のだれとも似ていなかった。おじのバーノンは大きな図体に首がめり込み、巨大な口ひげが目立っていた。おばのペチュニアはやせこけて、馬のように長い顔。ダドリーはブロンドでピンクの豚のようだ。一方ハリーは、小柄で細身、輝く緑の目、いつもくしゃくしゃな真っ黒な髪。丸いメガネをかけ、額《ひたい》にはうっすらと稲妻形《いなずまがた》の傷痕《きずあと》があった。

ハリーが特別なのは——魔法界でさえ特別なのは——この傷のためだった。この傷こそ、謎に包まれたハリーの過去を探る唯一の手がかりであり、十一年前、ダーズリー家の戸口に置き去りにされた理由を知る、唯一の手がかりでもあった。

一歳のとき、ハリーは、史上最強の闇の魔法使い、ヴォルデモート卿《きょう》の呪いを破って生き残った。多くの魔法使いや魔女が、いまだにその名を口にすることさえ恐れる者を相手にだ。ハリーの両親はヴォルデモートに襲われて命を落とした。しかしハリーは生き延び、稲妻形の傷が残った。ハリーを殺しそこねたその瞬間、なぜか――そのなぜかはだれにもわからないが――ヴォルデモートの力が打ち砕かれたのだ。

こうしてハリーは母方のおば夫婦に育てられることになった。ダーズリー一家と過ごした最初の十年間、自分ではそんな気はないのにハリーは始終おかしな出来事を引き起こし、自分でも不思議に思っていた。額《ひたい》の傷は、両親が自動車事故で死んだときにできたのだというダーズリー夫婦の話を信じていた。

ところがちょうど一年前、ホグワーツからハリー宛の手紙が届き、すべてが明るみに出た。魔法学校に入学したハリー。そこでは額の傷も自分自身も有名だった……なのに、学期末の夏休みにダーズリー家にもどったとたん、また以前と同じように、臭いものの中を転がってきた犬ころのように扱われていた。

今日がハリーの十二歳の誕生日だということさえ、ダーズリー一家はまるで覚えていない。別に高望みなどしない。まともな贈り物一つもらったことはないし、ましてや誕生日のケーキなど問題外。――しかし、こんなに完全に無視されるなんて……。

まさにそのとき、おじのバーノンが重々しく咳《せき》ばらいした。

「さて、みんなも知ってのとおり、今日は非常に大切な日だ」

ハリーは顔を上げて耳を疑った。

「今日こそ、わが人生最大の商談が成立するかもしれん」

ハリーはトーストに顔をもどした。

――やっぱり――ハリーは苦い思いを噛《か》みしめた――バーノンおじさんはあのばげた接待パーティのことを言ったのだ。――この二週間、おじはそのことしか話さなかった。どこかの金持ちの建築屋が、奥さんを連れて夕食にやってくる。バーノンおじさんは山のように注文が取れると踏んでいた（おじの会社は工業用ドリルを作っている）。

「そこで、もう一度みんなで手順を復習しようと思う。八時に全員位置につく。ペチュニア、おまえはどの位置だね？」

「応接間に」おばさんが即座に答えた。「お客様を丁重にお迎えするよう、待機してます」

「よし、よし。では、ダドリーは？」

「玄関を開けるために待ってるんだ」ばかみたいな作り笑いを浮かべてダドリーは台詞を続けた。「メイソンさん、奥様、コートをお預かりいたしましょう？」

「メイソンさんたち、ダドリーに夢中になるわ！」ペチュニアおばさんは狂喜してさけんだ。

「ダドリー、上出来だ」

バーノンおじさんは突然、荒々しくハリーのほうに向きなおった。

「それで、おまえは？」

「僕は自分の部屋にいて、物音をたてない。いないふりをする」ハリーは一本調子で答えた。

「そのとおりだ」バーノン・ダーズリーが嫌味ったらしく言った。

「わしが客を応接間へと案内して、そこでペチュニア、おまえを紹介し、客人に飲み物をお注《つ》ぎする。八時十五分――」

「私が、お食事にいたしましょうと言う」とペチュニアおばさん。

「そこでダドリー、台詞は？」

「奥様、食堂へご案内させていただけますか？」

ダドリーはぶくっと太った腕を女性にさし出す仕草をした。

「なんてかわいい私の完璧なジェントルマン！」ペチュニアは涙声だ。

「それで、おまえは？」

「自分の部屋にいて、物音をたてない。いないふりをする」ハリーは気のない声で答えた。

「それでよし。さて、夕食のテーブルで気のきいた世辞のひとつも言いたい。ペチュニア、なにかあるかな？」

「バーノンから聞きましたわ。メイソンさんは、すばらしいゴルファーでいらっしゃるとか……まあ、奥様、その素敵なお召し物、いったいどこでお求めになりましたの……」

「完璧だ。……ダドリー？」

「こんなのどうかな、『学校で尊敬する人物について作文を書くことになって、メイソンさん、ぼく、あなたのことを書きました』」

この台詞はできすぎだった。ペチュニアおばさんは感激で泣き出し、わが子を抱きしめ、一方ハリーは、テーブルの下に潜り込んで、大笑いするところをだれにも見られないようにした。

「それで、小僧、おまえは？」

ハリーは必死で普通の顔を装ってテーブルの下から出てきた。

「僕は自分の部屋にいて、物音を立てない。いないふりをする」

「まったくもって、そのとおりにするのだぞ」おじさんの声に力がこもった。

「メイソンご夫妻はおまえのことをなにもご存知ないし、知らんままでよい。夕食が終わったら、ペチュニア、おまえはメイソン夫人をご案内して応接間にもどり、コーヒーをお出しする。わしは話題をドリルのほうに持っていく。運がよけりゃ、『十時のニュース』が始まる前に商談成立で、署名、捺印《なついん》となるな。明日のいまごろは買い物だ。マジョルカ島の別荘をな」

ハリーはことさらうれしいとも思わなかった。ダーズリー一家がマジョルカ島に行ったからといって、いまのプリベット通りと打って変わってハリーをかわいがるとも思えない。

「よーし、と──わしは街へ行って、わしとダドリーのディナー・ジャケットを取ってくる。それで、おまえは……」バーノンはハリーに向かって凄《すご》みをきかせた。

「……おまえは、おばさんの掃除の邪魔をするな」

ハリーは裏口から庭に出た。まぶしいほどのいい天気だった。芝生を横切り、ガーデン・ベンチにドサッと座って、ハリーは小声で口ずさんだ。

「ハッピ・バースデー、ハリー……、ハッピ・バースデー、ハリー……」

カードもプレゼントもない。夜にはいないふりだ。ハリーは惨《みじ》めな気持ちで生け垣を見つめた。さびしかった、いままでになく。ホグワーツが懐《なつ》かしい。クィディッチもやりたい。でもなによりも一番懐かしいのは、親友のロン・ウィーズリーとハーマイオニー・グレンジャーだ。それなのに、二人はハリーに会いたいとも思っていないようだ。どちらも夏休みに入って一度も手紙をくれない。ロンは泊まりにこいと、ハリーを招待するはずだったのに……。

魔法でヘドウィグの鳥籠《とりかご》の鍵を外し、手紙を持たせてロンとハーマイオニーのところへ送ろうかと、何度も何度も考えた。でも、危険は冒せない。卒業前の半人前魔法使いは、学校の外で魔法を使うことを許されてはいない。ハリーはこのことをダーズリー一家には話していなかった。おじたちは、フンコロガシに変えられては大変と、ハリーを恐れていた。だからこそ、杖《つえ》や箒《ほうき》と一緒に、ハリーまでも階段下の物置に閉じ込めようとはしなかったのだ。家にもどってからの何週間か、ハリーは低い声で口から出まかせの言葉をつぶやくたびに、でっぷり太った足を動かせるだけ速く動かして部屋から逃げ出すダドリーを見て楽しんだ。しかし、いつまで待っても、ロンからもハーマイオニーからも連絡がない。ハリーは魔法界から切り離されたような気がして、ダドリーをからかうことさえどうでもよくなっていた。――その上、ロンもハーマイオニーも、ハリーの誕生日まで忘れている。

ホグワーツからひとつでも連絡がきさえしたら、あとはなにもいらない。どんな魔法使いからでも魔女からでも、だれからだっていい。宿敵、ドラコ・マルフォイでさえ、いま姿を見せてくれたら……すべてが夢ではなかったとそう思えるだけでも、どんなにうれしいか……。

とはいっても、ホグワーツでの一年間が楽しいことばかりだったかと言うと、そうではなかった。学年末に、だれあろう、あのヴォルデモート卿《きょう》と一対一の対決もした。ヴォルデモートは見る影もなく衰えてはいたものの、いまだに恐ろしく、いまだに狡猾《こうかつ》で、いまだに権力を取りもどそうと執念を燃やしていた。ハリーはヴォルデモートの魔の手を、二度目のこのときも辛《から》くも逃れた。しかし、まさに危機一髪だった。何週間か経ったいまも、ハリーは寝汗をびっしょりかいて夜中に何度も目が覚める。ヴォルデモートはいまどこにいるのだろう。あの鉛色の顔、あの見開かれた恐ろしい眼《め》……。

ぼんやりと生け垣を見ていたハリーは、突然ベンチから身を起こした。――生け垣が見つめ返している。葉っぱの中から、二つの大きな緑色の目が現れた。

ハリーがはじかれたように立ち上がったとたん、小ばかにしたような声が芝生の向こうから流れてきた。

「♪今日がなんの日か、知ってるぜ」ダドリーがこちらに向かってボタボタ歩きながら、歌うように節をつけて言った。

巨大な緑の目が瞬《まばた》きとともに消えた。

「え？」ハリーは生け垣の目があったところから目を離さずに言った。

「今日はなんの日か、知ってるぜ」

ダドリーは、そう繰り返しながらハリーのすぐそばにやってきた。

「そりゃよかった。やっと曜日がわかるようになったってわけだ」

「今日はおまえの誕生日だろ」ダドリーが鼻先で笑った。「カードが一枚もこないのか？　あのへんてこりんな学校で、おまえは友達もできなかったのかい？」

「僕の学校のことを口にするなんて、母親には聞かれないほうがいいだろうな」

ハリーは冷ややかに言った。

ダドリーは、丸々とした尻から半分落ちそうになっていたズボンをずり上げた。

「なんで生け垣なんか見つめてたんだ？」ダドリーが訝《いぶか》しげに聞いた。

「あそこに火を放つにはどんな呪文が一番いいか考えてたのさ」

ダドリーはとたんによろよろっと後ずさりした。ぶくっとした顔に恐怖が走っている。

「そ、そんなこと、できるはずない。――パパがおまえに、ま、魔法なんて使うなって言ったんだ。――パパがこの家から放り出すって言った。――そしたらおまえなんか、どこにも行くところがないんだ。――おまえを引き取る友達だって一人もいないんだ――」

「デマカセー　ゴマカセー！」ハリーは激しい声を出した。「インチキー　トンチキー……スクィグリー　ウィグリー……」

「ママーぁぁぁぁぁ！」ダドリーがさけんだ。家の中に駆け込もうとして、自分の足につまずきながらダドリーがさけんだ。「ママーぁぁぁ！　あいつがあれをやってるよう！」

ハリーの一瞬の楽しみは、たいそう高くついた。ダドリーがけがをしたわけでも生け垣がどうかなったわけでもないので、ハリーが本当に魔法を使ったのではないとペチュニアおばさんにはわかっていたはずだ。それでも、ハリーの頭めがけて襲いかかってきた洗剤の泡だらけのフライパンから身をかわさなければならなかった上に、言いつけられた仕事が終わるまでは食事抜き、というおまけまでついた。

ダドリーがアイスクリームをなめながらのほほんとハリーを眺めている間に、ハリーは窓を拭き、車を洗い、芝を刈り、花壇をきれいにし、バラの枝を整え、水遣《や》りをし、ガーデン・ベンチのペンキを塗りなおした。焦げつくような太陽がハリーの首筋をじりじり焼いた。腹を立ててダドリーの仕掛けた餌《えさ》に引っかかってはいけないとわかっていたのに。自分自身が気にしていたことをダドリーに図星を指され、つい……もしかしたら本当に、ホグワーツに一人も友達がいなかったのかも……。

「あの有名なハリー・ポッターのこのざまを、見せてやりたいよ」ハリーは吐き捨てるように言った。花壇に肥料をまいていると、背中が痛み、汗が顔を滴り落ちた。

七時半、疲れ果てたハリーの耳に、やっとペチュニアおばさんの呼ぶ声が聞こえてきた。

「お入り！　新聞の上を歩くんだよ！」

ハリーは日陰に入れるのがうれしくて、ピカピカに磨き上げられたキッチンに入った。冷蔵庫の上には今夜のデザートが載っていた。たっぷりと山盛りのホイップクリームと、スミレの砂糖漬《さとうづ》けだ。骨つきのローストポークが、オーブンでジュージューとおいしそうな音を立てていた。

「早くお食べ！　メイソンさんたちがまもなくご到着だよ！」ペチュニアおばさん

がぴしゃりと言った。指差す先のテーブルの上に、パンが二切れとチーズが一かけら載っていた。おばはもうサーモンピンクのカクテル・ドレスに着替えていた。

ハリーは手を洗い、情けないような夕食を急いで飲み込んだ。食べ終わるか終わらないうちにおばはさっさと皿を片づけた。「早く！　二階へ！」

居間を通り過ぎる際、ドアの向こうに、蝶ネクタイにディナー・ジャケットの正装に身を包んだおじとダドリーの姿がちらりと見えた。二階に上がる途中の階段の踊り場にハリーが着いたとき、玄関のベルが鳴り、バーノン・ダーズリーのすさまじい顔が階段下に現れた。

「いいな、小僧――ちょっとでも音を立ててみろ……」

ハリーは忍び足で自分の部屋にたどり着き、すっと中に入ってドアを閉め、ベッドに倒れ込もうとした。

しかし――ベッドには先客が座っていた。

第2章　ドビーの警告

ハリーは危うくさけび声を上げるところだった。ベッドの上には、コウモリのような長い耳にテニスボールくらいの緑の目がギョロリと飛び出した、小さな生き物がいた。今朝、庭の生け垣から自分を見ていたのはこれだ、とハリーはすぐに気づいた。互いにじっと見つめるうちに、玄関ホール付近からダドリーの声が聞こえてきた。

「メイソンさん、奥様、コートをお預かりいたしましょうか？」

生き物はベッドからするりと滑り降りると、カーペットに細長い鼻の先がくっつくほど低くお辞儀《じぎ》をした。その生き物は、手と足が出るように裂け目を作ってある古い枕カバーのような物を着ていた。

「あ――こんばんは」ハリーは不安げに挨拶をした。

「ハリー・ポッター！」

生き物がかん高い声を出した。きっと下まで聞こえたにちがいない。

「ドビーめはずっとあなた様にお目にかかりたかったのです。……とっても光栄です……」

「あ、ありがとう」

ハリーは壁伝いに机のほうににじり寄り、崩れるように椅子に腰掛けた。椅子のそばの大きな鳥籠《とりかご》でヘドウィグが眠っていた。ハリーは思わず「君はなに?」と声をかけるところだったが、それではあまりに失礼だと思い、「君はだれ?」と聞いた。

「ドビーめにございます。ドビーと呼び捨てでください。『屋敷《やしき》しもべ妖精《ようせい》』のドビーです」生き物が答えた。

「あ――そうなの。あの――気を悪くしないでほしいんだけど、でも――僕の部屋にいま『屋敷しもべ妖精』がいると、とっても都合が悪いんだ」

ペチュニアおばさんのかん高い作り笑いが居間から聞こえてきた。しもべ妖精はうなだれた。

「知り合いになれてうれしくないってわけじゃないんだよ」ハリーはあわてて言った。「だけど、あの、なにか用事があってここにきたの?」

「はい、そうでございますとも」ドビーが熱っぽく言った。「ドビーめは、申し上げたいことがあって参りました。……複雑でございまして……ドビーめはいったいなにから話してよいやら……」

「まあ、座って」ハリーはベッドを指さして、丁寧にそう言った。

しもべ妖精はわっと泣き出した――ハリーがはらはらするような、うるさい泣き方だった。

「す――座って、なんて！」妖精はオンオン泣いた。「これまで一度も……一度だって……」

ハリーは階下の話し声が一瞬たじろいだような気がした。

「ごめん」ハリーはささやいた。「気に障《さわ》ることを言うつもりはなかったんだけど」

「このドビーめの気に障るですって！」妖精は喉《のど》を詰まらせた。

「ドビーめはこれまでただの一度も、魔法使いから座ってなんて言われたことがございません。――まるで対等みたいに――」

ハリーは「シーッ！」と言いながらも、なだめるようにドビーを促して、ベッドの上に座らせた。ベッドでしゃくり上げている姿は、とても醜い大きな人形のようだった。しばらくするとドビーの興奮もやっと収まってきて、大きなギョロ目を尊敬で潤ませ、ハリーをひしと見ていた。

「君は礼儀正しい魔法使いに、あんまり会わなかったんだね」

ハリーはドビーを元気づけるつもりでそう言った。

ドビーはうなずいた。そして突然立ち上がると、なんの前触れもなしに窓ガラスに激しく頭を打ちつけはじめた。

「ドビーは悪い子！　ドビーは悪い子！」

「やめて！——いったいどうしたの？」

ハリーは噛《か》み殺した声で言いながら、飛び上がってドビーを引きもどし、ベッドに座らせた。ヘドウィグが目を覚まし、ひときわ大きく鳴いたかと思うと、鳥籠《とりかご》の格子にバサバサと激しく羽を打ちつけた。

「ドビーめは自分でお仕置きをしなければならないのです」妖精は目をくらくらさせながら言った。「自分の家族の悪口を言いかけたのでございます……」

「君の家族って？」

「ドビーめがお仕えしているご主人様、魔法使いの家族でございます……ドビーは屋敷しもべです。——一つの屋敷、一つの家族に一生お仕えする運命なのです……」

「その家族は、君がここにきてること知ってるの？」ハリーは興味をそそられた。

ドビーは身を震わせた。

「めっそうもない……ドビーめはこうしてお目にかかりに参りましたことで、きびしく自分をお仕置きしないといけないのです。ドビーめはオーブンのふたで両耳をバッチンしないといけないのです。ご主人様に知られたら、もう……」

「でも、君が両耳をオーブンのふたに挟んだりしたら、それこそご主人が気づくんじゃないの？」

「ドビーめはそうは思いません。ドビーめは、いっつもなんだかんだと自分にお仕置きをしていないといけないのです。ご主人様は、ドビーめに勝手にお仕置きをさせておくのでございます。ときどきお仕置きが足りないとおっしゃるのです……」

「どうして家出しないの？　逃げれば？」

「屋敷しもべ妖精は解放していただかないといけないのです。ご主人様はドビーめを自由にするはずがありません……ドビーめは死ぬまでご主人様の一家に仕えるのでございます……」

ハリーは目をみはった。

「僕なんか、あと四週間もここにいると考えたら、とっても身が持たないと思ってる。君の話を聞いてたら、ダーズリー一家でさえ人間らしいって思えてきた。だれか君を助けてあげられないのかな？　僕になにかできる？」

そう言ったとたん、ハリーは「しまった」と思った。ドビーはまたしても感謝の雨あられと泣き出した。

「お願いだから」ハリーは必死でささやいた。「頼むから静かにして。おじさんたちが聞きつけたら、君がここにいることが知れたら……」

「ハリー・ポッターが『なにかできないか』と、聞いてくださった……ドビーめはあなた様が偉大なお方だとは聞いておりましたが、こんなにおやさしい方だとは知りませんでした……」

ハリーは、顔がポッと熱くなるのを感じた。

「僕が偉大だなんて、なにを聞いたか知らないけど、くだらないことばかりだよ。僕なんか、学校の同学年でトップというわけでもないし。ハーマイオニーが――」

それ以上は続けられなかった。ハーマイオニーを思い出しただけで胸が痛んだ。

「ハリー・ポッターは謙虚で威張《いば》らない方です」

ドビーは球《ボール》のような目を輝かせてうやうやしく言った。

「ハリー・ポッターは『名前を呼んではいけないあの人』に勝ったことをおっしゃらない」

「ヴォルデモート?」

「あぁ、その名をおっしゃらないで。おっしゃらないで」

ドビーはコウモリのような耳を両手でパチッと覆い、うめくように言った。

ハリーはあわてて「ごめん」と言った。

「その名前を聞きたくない人はいっぱいいるんだね――友達のロンなんか……」

またそれ以上は続かなかった。ロンのことを考えても胸がうずいた。

ドビーは車のライトのような目を見開いて、ハリーのほうに身を乗り出してきた。

「ドビーめは聞きました」ドビーの声がかすれていた。「ハリー・ポッターが闇の帝王と二度目の対決を、ほんの数週間前に……。ハリー・ポッターはまたしてもその手を逃れたと」

ハリーがうなずくと、ドビーの目が急に涙で光った。

「あぁ」ドビーは着ている汚らしい枕カバーの端っこを顔に押し当てて涙を拭《ぬぐ》い、感嘆の声を上げた。

「ハリー・ポッターは勇猛果敢。もう何度も危機を切り抜けていらっしゃる！　でも、ドビーめはハリー・ポッターをお護《まも》りするために参りました。警告しに参りました。あとでオーブンのふたで耳をバッチンしなくてはなりませんが、それでも……。ハリー・ポッターはホグワーツにもどってはなりません」

一瞬の静けさ――。階下でナイフやフォークがカチャカチャ言う音と、遠い雷鳴のようにゴロゴロと響くバーノンおじさんの声が聞こえるだけだった。

「な、なんて言ったの？」言葉がつっかえた。「僕、だって、もどらなきゃ。――九月一日に新学期が始まるんだ。それがなきゃ僕、耐えられないよ。ここがどんなとこか、君は知らないんだ。ここには僕の身の置き場がないんだ。僕の居場所は君と同じ世界――ホグワーツなんだ」

「いえ、いえ、いえ」

ドビーがキーキー声を立てた。あまりに激しく頭を横に振ったので、耳がパタパタ言った。

「ハリー・ポッターは安全な場所にいないといけません。あなた様は偉大な人、やさしい人。失うわけには参りません。ハリー・ポッターがホグワーツにもどれば、死ぬほど危険でございます」

「どうして？」ハリーは驚いてたずねた。

ドビーは突然全身をわなわな震わせながらささやくように言った。

「罠《わな》です、ハリー・ポッター。今学期、ホグワーツ魔法魔術学校で世にも恐ろしいことが起こるよう仕掛けられた罠でございます。ドビーめは、そのことを何か月も前から知っておりました。ハリー・ポッターは危険に身をさらしてはなりません。ハリー・ポッターはあまりにも大切なお方です！」

「世にも恐ろしいことって？」ハリーは聞き返した。「だれがそんな罠を？」

ドビーは喉《のど》を絞められたような奇妙な声を上げ、狂ったように壁にバンバン頭を打ちつけた。

「わかったから！」ハリーは妖精の腕をつかんで引きもどしながらさけんだ。

「言えないんだね。わかったよ。でも君はどうして僕に知らせてくれるの？」

ハリーは急にいやな予感がした。

「もしかしてそれ、ヴォル――あ、ごめん――『例のあの人』と関係があるの？」

ドビーの頭がまた壁のほうに傾《かし》いでいった。

「首を縦か横に振るかだけしてくれればいいよ」ハリーはあわてて言った。

ゆっくりと、ドビーは首を横に振った。

「いいえ――『名前を呼んではいけないあの人』ではございません」

ドビーは目を大きく見開いて、ハリーになにかヒントを与えようとしているようだったが、ハリーにはまるで見当がつかなかった。

「『あの人』に兄弟っていたのかなぁ？」

ドビーは首を横に振り、目をさらに大きく見開いた。

「それじゃ、ホグワーツで世にも恐ろしいことを引き起こすことができるのは、ほかにだれがいるか、全然思いつかないよ。だって、ほら、ダンブルドアがいるからそんなことはできないんだ。——君、ダンブルドアは知ってるよね？」

ドビーはお辞儀《じぎ》をした。

「アルバス・ダンブルドアはホグワーツ始まって以来、最高の校長先生でございます。ドビーめはそれを存じております。ドビーめはダンブルドアのお力が『名前を呼んではいけないあの人』の最高潮のときの力にも対抗できると聞いております。しかし、しかしでございます」

ドビーはここで声を落として、せっぱ詰まったようにささやいた。

「ダンブルドアが使わない力が……正しい魔法使いならけっして使わない力が……」

ハリーが止める間もなく、ドビーはベッドからポーンと飛び降り、ハリーの机の上の電気スタンドを引っつかむなり、耳をつんざくようなさけび声を上げながら自分の頭をたたきはじめた。

一階が突然静かになった。次の瞬間、おじのバーノンが玄関ホールに出てくる音が聞こえた。ハリーの心臓は早鐘《はやがね》のように鳴った。

「ダドリーがまたテレビをつけっぱなしにしたようですな。しようがないやんちゃ坊主で！」とおじが大声で話している。

「早く！　洋服箪笥に！」

ハリーは声をひそめてそう言うと、ドビーを押し込み、戸を閉め、自分はベッドに飛び込んだ。まさにそのとき、ドアがカシャリと開いた。

「いったい――きさまは――ぬぁーにを――やって――おるんだ？」

おじのバーノンは顔をいやというほどハリーの顔に近づけ、食いしばった歯の間からどなった。

「日本人ゴルファーのジョークのせっかくの落ちを、きさまが台無しにしてくれたわ……今度音を立ててみろ、生まれてきたことを後悔させてやるぞ。わかったな！」

バーノンはドスンドスンと床を踏み鳴らしながら出ていった。

ハリーは震えながらドビーを箪笥から出した。

「ここがどんなところかわかった？　僕がどうしてホグワーツにもどらなきゃならないか、わかっただろう？　あそこにだけは、僕の――つまり、僕はそう思ってるんだけど、僕の友達がいるんだ」

「ハリー・ポッターに手紙もくれない友達なのにですか?」ドビーが言いにくそうに言った。

「たぶん、二人ともずうっと——え?」ハリーはふと眉をひそめた。「僕の友達が手紙をくれないって、どうして君が知ってるの?」

ドビーは足をもじもじさせた。

「ハリー・ポッターはドビーのことを怒ってはだめでございます。——ドビーめはよかれと思ってやったのでございます……」

「君が、僕宛の手紙をストップさせてたのか?」

「ドビーめはここに持っております」

妖精はするりとハリーの手の届かないところへ逃れ、着ている枕カバーの中から分厚い手紙の束を引っ張り出した。見覚えのあるハーマイオニーのきちんとした字、のたくったようなロンの字、ホグワーツの森番ハグリッドからと思われる走り書きも見える。

ドビーはハリーを見ながら心配そうに目をパチパチさせた。

「ハリー・ポッターは怒ってはだめでございます。……ドビーめは考えました……ハリー・ポッターが友達に忘れられてしまったと思えば……ハリー・ポッターはもう学校にはもどりたくないと思うかもしれないと……」

ハリーは聞いてもいなかった。手紙をひったくろうとしたが、ドビーは手の届かないところに飛び退《の》いた。

「ホグワーツにはもどらないとドビーに約束したら、ハリー・ポッターに手紙をさし上げます。あぁ、どうぞ、あなた様はそんな危険な目にあってはなりません！　どうぞ、もどらないと言ってください」

「いやだ」ハリーは怒った。「僕の友達の手紙だ。返して！」

「ハリー・ポッター、それではドビーはこうするほかありません」

妖精は悲しげにそう言うと、ハリーに止める間も与えず矢のようにドアに飛びつき、パッと開けて階段を全速力で駆け下りていった。

ハリーも全速力で、音を立てないようにあとを追った。口の中はカラカラ、胃袋はひっくり返りそう。最後の六段は一気に飛び下り、猫のように玄関ホールのカーペットの上に着地し、ハリーはあたりを見回して、ドビーの姿を目で探した。食堂からバーノンおじさんの声が聞こえてきた。

「……メイソンさん、ペチュニアに、あのアメリカ人の配管工の笑い話をしてやってください。妻ときたら、聞きたくてうずうずしてまして……」

ハリーは玄関ホールを走り抜けてキッチンに入った。とたんに胃袋が消えてなくなるかと思った。

ペチュニアおばさんの傑作デザート、山盛りのホイップクリームとスミレの砂糖漬《さとうづ》けが、なんと天井近くを浮遊している。戸棚のてっぺんの角にドビーがちょこんと腰掛けていた。

「あぁ、だめ」ハリーの声がかすれた。「お願いだ……僕、殺されちゃうよ……」

「ハリー・ポッターは学校にもどらないと言わなければなりません——」

「ドビー、お願いだから……」

「どうぞ、もどらないと言ってください……」

「僕、言えないよ！」

ドビーは悲痛な目つきでハリーを見た。

「では、ハリー・ポッターのために、ドビーはこうするしかありません」

デザートは心臓が止まるような音をたてて床に落ちた。皿が割れ、ホイップクリームが窓やら壁やらに飛び散った。ドビーは鞭《むち》を鳴らすような、パチッという音とともにかき消えた。

食堂から悲鳴が上がり、バーノンおじさんがキッチンに飛び込んできた。そこには、頭のてっぺんから足の先までペチュニアおばさんのデザートをかぶって、ショックで硬直して立っているハリーがいた。

ひとまずはバーノンがなんとかその場を取り繕《つくろ》いうまくいったように見えた。

（「甥《おい》でしてね――ひどく精神不安定で――この子は知らない人に会うと気が動転するので、二階に行かせておいたんですが……」）

おじは呆然とするメイソン夫妻を「さあ、さあ」と食堂に追いもどし、ハリーには、メイソン夫妻が帰ったあとに鞭《むち》打ちで虫の息にしてやると宣言しながらモップを渡した。ペチュニアおばさんは、フリーザーの奥からアイスクリームを引っ張り出してきた。ハリーは震えが止まらないまま、キッチンの床をモップでこすりはじめた。

それでも、バーノンおじさんにはまだ商談成立の可能性があった。――ふくろうのことさえなければ。

ペチュニアおばさんが、食後のミントチョコが入った箱をみなに回していたとき、巨大なふくろうが一羽、食堂の窓からバサーッと舞い降りて、メイソン夫人の頭の上に手紙を落とし、ふたたびバサーッと飛び去っていった。メイソン夫人はギャーッとさけび声を上げ、ダーズリー一家は狂っている、とわめきながら飛び出していった。

――妻は鳥と名がつくものは、どんな形や大きさだろうと死ぬほど怖がる。いったい君たち、これはなんの冗談なのかね――メイソン氏もダーズリー一家に文句を言うだけ言うと出ていった。

バーノンが小さい目に悪魔のような炎を燃やして、ハリーに迫ってきた。ハリーはモップにすがりついて、やっとの思いでキッチンに立っていた。

「読め！」おじさんが押し殺した声で毒々しく言った。ふくろうが配達した手紙を振りかざしている。「いいから――読め！」

ハリーは手紙を手にした。誕生祝いのカード、ではなかった。

ポッター殿

今夕九時十二分、貴殿の住居において「浮遊術《ふゆうじゅつ》」が使われたとの情報を受け取りました。

ご承知のように、卒業前の未成年魔法使いは、学校の外において呪文を行使することを許されておりません。貴殿がふたたび呪文を行使すれば、退校処分となる可能性があります。（一八七五年制定の未成年魔法使いの妥当な制限に関する法令C項）

念のため、非魔法社会の者（マグル）に気づかれる危険性がある魔法行為は、国際魔法戦士連盟機密保持法第十三条の重大な違反となります。

休暇を楽しまれますよう！

敬具

魔法省　魔法不適正使用取締局　マファルダ・ホップカーク

ハリーは手紙から顔を上げ、生唾《なまつば》をゴクリと飲み込んだ。

「おまえは、学校の外で魔法を使ってはならんということを、黙っていたな」

バーノンおじさんの目には怒りの火がメラメラ踊っていた。

「言うのを忘れたというわけだ……なるほど、つい忘れていたわけだ……」

おじさんは大型ブルドッグのように牙《きば》を全部むき出して、ハリーに迫ってきた。

「さて、小僧、知らせがあるぞ……わしはおまえを閉じ込める……おまえは二度とあの学校にはもどれない……けっしてな……もどろうとして魔法で逃げようとすれば──連中がおまえを退校にするぞ！」

狂ったように笑いながら、ダーズリー氏はハリーを二階へ引きずっていった。

バーノンおじさんは言葉どおりに容赦なかった。翌朝、人を雇い、ハリーの部屋の窓に鉄格子をはめさせた。ハリーの部屋のドアには自ら「餌《えさ》差し入れ口」を取りつけ、一日三回、わずかな食べ物をそこから押し込むことができるようにした。朝と夕にトイレに行けるよう部屋から出してはくれたが、それ以外は一日中、ハリーは部屋に閉じ込められた。

三日経った。ダーズリー一家はまったく手を緩める気配もなく、ハリーには状況を打開する糸口さえ見えなかった。ベッドに横たわり、窓の鉄格子の向こうに陽が沈むのを眺めては、いったい自分はどうなるのだろうと考え、惨《みじ》めな気持ちになった。

魔法を使って部屋を抜け出したとしても、そのせいでホグワーツを退校させられるなら、なんにもならない。しかし、いまのプリベット通りでの生活は最低の最低だ。ダーズリー一家は「目が覚めたら大きなフルーツコウモリになっていた」という恐れもなくなり、ハリーは唯一の武器を失った。ドビーはホグワーツでの世にも恐ろしい出来事からハリーを救ってくれたのかもしれないが、このままでは結果は同じだ。きっとハリーは餓死《がし》してしまう。

餌差し入れ口の戸がガタガタ音をたて、おばのペチュニアの手が覗《のぞ》いた。缶詰《かんづめ》スープが一杯差し入れられた。ハリーは胃が痛むほど腹ぺこだったので、ベッドから飛び起きてスープ椀《わん》を引っつかんだ。冷め切ったスープだったが、半分を一口で飲んでしまった。それから部屋の向こうに置いてあるヘドウィグの鳥籠《とりかご》にスープを持っていき、空っぽの餌《えさ》入れに、スープ椀の底に張りついていたふやけた野菜を入れてやった。ヘドウィグは羽を逆立て、恨みがましい目でハリーを見た。

「嘴《くちばし》を尖《とが》らせたってどうにもならないよ。二人でこれっきりなんだもの」

ハリーはきっぱり言った。

空《から》の椀を餌差し入れ口のそばに置き、ハリーはまたベッドに横になった。なんだかスープを飲む前より、もっとひもじくなったみたいだ。

たとえあと四週間生き延びても、ホグワーツに行かなかったらどうなるんだろう？　なぜもどらないかを調べに、だれかをよこすだろうか？　ダーズリー一家に話して、ハリーを解放するようにできるのだろうか？

部屋の中が暗くなってきた。疲れ果てて、グーグー鳴る空腹を抱え、答えのない疑問を何度も繰り返し考えながら、ハリーはまどろみはじめた。

夢の中でハリーは動物園の檻《おり》の中にいた。「半人前魔法使い」と掲示板がかかっている。

鉄格子の向こうから、みながじろじろ覗《のぞ》いている。ハリーは腹をすかせ、弱って、藁《わら》のベッドに横たわっている。見物客の中にドビーの顔を見つけて、ハリーは助けを求めた。しかし、ドビーは「『ハリー・ポッターはそこにいれば安全でございます！』」と言って姿を消した。

ダーズリー一家がやってきた。ダドリーが檻の鉄格子をガタガタ揺すって、ハリーのことを笑っている。

「やめてくれ」頭に響くガタガタという音に、ハリーはつぶやいた。「ほっといてくれよ……やめて……僕眠りたいんだ……」

ハリーは目を開けた。月明かりが鉄格子の窓から射し込んでいる。だれかが本当に鉄格子の外からハリーを見つめていた。そばかすだらけ、赤毛の鼻の高いだれか。

ロン・ウィーズリーが窓の外にいた。

第3章　隠れ穴

「ロン！」

ハリーは声を出さずにさけんだ。窓際に忍び寄り、鉄格子越しに話ができるように窓ガラスを上に押し上げた。

「ロン、いったいどうやって？——なんだい、これは？」

窓の外の様子が全部目に入ったとたん、ハリーは呆気《あっけ》にとられて口がポカンと開いてしまった。ロンはトルコ石色の旧式な車に乗り、後ろの窓から身を乗り出していた。車は空中に駐車している。前の座席からハリーに笑いかけているのは、ロンの双子の兄、フレッドとジョージだ。

「よう、ハリー、元気かい？」

「いったいどうしたんだよ」ロンだ。

「どうして僕の手紙に返事くれなかったんだい？　手紙を一ダースぐらい出して、家に泊まりにおいでって誘ったんだぞ。そしたらパパが家に帰ってきて、君がマグルの前で魔法を使ったから、公式警告状を受けたって言うんだ……」

「僕じゃない。――でも君のお父さん、どうして知ってるんだろう？」

「パパは魔法省に勤めてるんだ。学校の外では、僕たち魔法をかけちゃいけないって、君も知ってるだろ――」

「自分のこと棚に上げて」ハリーは浮かぶ車から目を離さずに言った。

「あぁ、これはちがうよ。パパのなんだ。借りただけさ。僕たちが魔法をかけたわけじゃない。君の場合は、一緒に住んでるマグルの前でやっちゃったんだから……」

「言ったろう、僕じゃないって――でも話せば長いから、いまは説明できない。ねぇ、ホグワーツのみんなに、説明してくれないかな。おじさんたちが僕を監禁《かんきん》して学校にもどれないようにしてるって。当然、魔法を使って出ていくこともできないよ。そんなことしたら、魔法省は僕が三日間のうちに二回も魔法を使ったと思うだろ。だから――」

「ゴチャゴチャ言うなよ」ロンが言った。「君を家《うち》に連れていくつもりできたんだ」

「だけど、魔法で僕を連れ出すことはできないだろ――」

「そんな必要ないよ。僕がだれと一緒にきたか、忘れちゃいませんか、だ」

ロンは運転席のほうを顎《あご》で指して、ニヤッと笑った。

「それを鉄格子に巻きつけろ」フレッドがロープの端をハリーに放った。

「おじさんたちが目を覚ましたら、僕はおしまいだ」

ハリーが、ロープを鉄格子に固く巻きつけながら言った。

「心配するな。下がって」フレッドがエンジンを吹かした。

ハリーは部屋の暗がりまで下がって、ヘドウィグの隣に立った。ヘドウィグは事の重大さがわかっているらしく、じっと静かにしていた。エンジンの音がだんだん大きくなり、突然バキッという音とともに、鉄格子が窓からすっぽり外れた。フレッドはそのまま車を空中で直進させた。——ハリーが窓際に駆けもどって覗《のぞ》くと、鉄格子が地上すれすれのところでブラブラしているのが見えた。ロンが息を切らしながらそれを車の中まで引っ張り上げた。ハリーは耳をそばだてたが、ダーズリー夫婦の寝室からはなんの物音も聞こえなかった。

鉄格子がロンと一緒に無事後部座席に収まると、フレッドは車をバックさせて、できるだけハリーのいる窓際に近づけた。

「乗れよ」とロン。

「だけど、僕のホグワーツのもの……杖《つえ》とか……箒《ほうき》とか……」

「どこにあるんだよ？」

「階段下の物置に。鍵がかかってるし、僕、この部屋から出られないし――」

「まかせとけ」ジョージが助手席から声をかけた。「ハリー、ちょっとどいてろよ」

フレッドとジョージがそうっと窓を乗り越え、ハリーの部屋に入ってきた。

ジョージがなんでもない普通のヘアピンをポケットから取り出して鍵穴にねじ込んだのを見て、ハリーは舌を巻いた――この二人には、まったく負けるよな――。

「マグルの小技《こわざ》なんて、習うだけ時間のむだだってばかにする魔法使いが多いけど、知ってて損はないぜ。ちょっとトロいけどな」とフレッド。

カチャッと小さな音がして、ドアがはらりと開いた。

「それじゃ――僕たちはトランクを運び出す――君は部屋から必要なものをかたっぱしからかき集めて、ロンに渡してくれ」ジョージがささやいた。

「一番下の階段に気をつけて。軋《きし》むから」

踊り場の暗がりに消えていく双子の背中に向かって、ハリーがささやき返した。

ハリーは部屋の中を飛び回って持ち物をかき集め、窓の向こう側のロンに渡した。

それからフレッドとジョージが重いトランクを持ち上げて階段を上ってくるのに手を

貸した。バーノンおじさんが咳《せき》をするのが聞こえた。

三人は、フウフウ言いながら、やっと踊り場までトランクを担ぎ上げ、ハリーの部屋を横切って窓際に運んだ。フレッドが窓を乗り越え車にもどってロンと一緒にトランクを引っ張り、ハリーとジョージは部屋の中から押した。じりっじりっとトランクが窓の外に出ていった。

バーノンおじさんがまた咳をしている。

「もうちょい――」車の中から引っ張っていたフレッドが、喘《あえ》ぎながら言った。「あとひと押し……」

ハリーとジョージがトランクを肩の上に載せるようにしてぐっと押すと、トランクは窓から滑り出て車の後部座席に収まった。

「オーケー。行こうぜ」ジョージがささやいた。

ハリーが窓枠をまたごうとしたとたん、後ろから突然大きな鳴き声がして、それを追いかけるようにおじさんの雷のような声が響いた。

「あのいまいましいふくろうめが！」

「ヘドウィグを忘れてた！」

ハリーが部屋の隅まで駆けもどったと同時に、パチッと踊り場の明かりが点いた。

ハリーは鳥籠《とりかご》を引っつかんで窓までダッシュし、籠をロンにパスした。それから急いで箪笥をよじ登ったそのとき、すでに鍵の外れているドアをおじさんがドーンとたたき――ドアがバターンと開いた。

一瞬、バーノンの姿が額縁の中の人物のように、四角い戸口の中で立ちすくんだ。次の瞬間、おじさんは怒れる猛牛のように鼻息を荒らげ、ハリーに飛びかかって足首をむんずとつかんだ。

ロン、フレッド、ジョージが、ハリーの腕を力のかぎりぐいと引っ張った。

「ペチュニア！」おじさんがわめいた。「やつが逃げる！　やつが逃げるぞお！」

ウィーズリー三兄弟は満身の力でハリーを引っ張った。ハリーの足がバーノンの手からするりと抜けた。ハリーが車に乗り、ドアをバタンと閉めたと見るや、ロンがさけんだ。

「フレッド、いまだ！　アクセルを踏め！」

そして車は月に向かって急上昇した。

自由になった――ハリーはすぐには信じられなかった。車のウィンドウを開け、夜風に髪をなびかせ、後ろを振り返ると、プリベット通りの家並みの屋根が次第に小さくなっていくのが見える。バーノン、ペチュニア、ダドリーのダーズリー三人が、ハリーの部屋の窓から身を乗り出し、呆然としていた。

「来年の夏にまたね！」ハリーがさけんだ。

ウィーズリー兄弟は大声で笑い、ハリーも座席に収まり顔中をほころばせていた。

「ヘドウィグを放してやろう」ハリーがロンに言った。「後ろからついてこれるから。ずうっと一度も羽を伸ばしてないんだよ」

ジョージがロンにヘアピンを渡した。ほどなく、ヘドウィグはうれしそうに窓から空へと舞い上がり、白いゴーストのように車に寄り添って滑るように飛んだ。

「さあ——ハリー、話してくれるかい？　いったいなにがあったんだ？」

ロンが待ち切れないように聞いた。

ハリーはドビーのこと、自分への警告のこと、スミレの砂糖漬《さとうづ》けデザート騒動のこと、などを全部話して聞かせた。話し終わるとしばらくの間、みなはショックで黙りこくってしまった。

「そりゃ、くさいな」フレッドがまず口を開いた。

「まったく、怪しいな」ジョージが相槌《あいづち》を打った。「それじゃ、ドビーは、いったいだれがそんな罠《わな》を仕掛けてるのかさえ教えなかったんだな？」

「教えられなかったんだと思う。いまも言ったけど、もう少しでなにか漏《も》らしそうになるたびに、ドビーは壁に頭をぶっつけはじめるんだ」

ハリーが答えた。

「もしかして、ドビーが僕に嘘をついてたって言いたいの？」

フレッドとジョージが顔を見合わせたのを見て、ハリーが聞いた。

「うーん、なんと言ったらいいかな」フレッドが答えた。「『屋敷《やしき》しもべ妖精《ようせい》』ってのは、それなりの魔力があるんだ。だけど、普通は主人の許しがないと使えない。ドビーのやつ、君がホグワーツにもどってこないようにするために、送り込まれたんじゃないかな。だれかの悪い冗談だ。学校で君に恨みを持ってるやつ、だれか思いつかないか？」

「いる」すかさずハリーとロンが同時に答えた。

「ドラコ・マルフォイ。あいつ、僕を憎んでる」ハリーが説明した。

「ドラコ・マルフォイだって？」ジョージが振り返った。「ルシウス・マルフォイの息子じゃないのか？」

「たぶんそうだ。ざらにある名前じゃないもの。だろ？　でも、どうして？」とハリー。

「パパがそいつのこと話してるのを、聞いたことがある。『例のあの人』の大の信奉《しんぽう》者《しゃ》だったって」とジョージ。

「ところが、『例のあの人』が消えたとなると――」今度はフレッドが前の席から首を伸ばして、ハリーを振り返りながら言った。「ルシウス・マルフォイときたら、もどってくるなりすべて本心じゃなかったって言ったそうだ。嘘八百さ――パパはやつが『例のあの人』の腹心の部下だったと思ってる」

ハリーは以前にもマルフォイ一家のそんな噂《うわさ》を耳にしたことがあった。しかし、噂を聞いてもとくに驚きもしなかった。マルフォイを見ていると、ダーズリー家のダドリーでさえ、親切で思いやりがあって感じやすい少年に思えるぐらいだ。

「マルフォイ家に『屋敷しもべ』がいるかどうか、僕知らないけど……」ハリーが言った。

「まあ、だれが主人かは知らないけど、そいつは魔法族の旧家で、しかも金持ちだね」とフレッド。

「あぁ、ママなんか、アイロンかけする『しもべ妖精』がいたらいいのにって、始終言ってるよ。だけど家にいるのは、やかましい屋根裏お化けと、庭に巣食ってる庭小人《にわこびと》だけだもんな。『屋敷しもべ妖精』は、大きな館とか城とか、そういうところにいるんだ。おれたちの家なんかには、絶対にきやしないさ……」とジョージ。

ハリーは黙っていた。ドラコ・マルフォイがいつも最高級の物を持っていることから考えても、マルフォイ家には魔法使いの金貨がうなっているのだろう。マルフォイが大きな館の中で威張《いば》っている様子が、ハリーには目に浮かぶようだった。『屋敷しもべ』を送ってよこし、ハリーをホグワーツにもどれなくしようとするなんて、まさにマルフォイならやりかねない。ドビーの言うことを信じたハリーがばかだったんだろうか？

「とにかく、迎えにきてよかった」ロンが言った。「いくら手紙を出しても返事がこないんで、僕、ほんとに心配したぜ。はじめはエロールのせいかと思ったけど――」

「エロールってだれ？」

「うちのふくろうさ。彼はもう化石だよ。何度も配達の途中でへばってるし。だからヘルメスを借りようとしたんだけど――」

「だれを？」

「パーシーが監督生《かんとくせい》になったとき、親父とお袋が、パーシーに買ってやったふくろうさ」フレッドが前の座席から答えた。

「だけど、パーシーは僕に貸してくれなかったろうな。自分が必要だって言ってたもの」とロン。

「パーシーのやつ、この夏休みの行動がどうも変だ」ジョージが眉をひそめた。

「実際、山ほど手紙を出してる。それに、部屋に閉じこもってる時間も半端じゃない。……考えてもみろよ、監督生の金バッジを磨くったって、限度があるだろ……。フレッド、西に逸《そ》れすぎだぞ」

ジョージが計器盤のコンパスを指さして言い、フレッドがハンドルを回した。

「お父さんは、君たちがこの車を使ってること知ってるの？」

聞かなくても答えはわかっているような気がした。

「ん、いや」ロンが答えた。「パパは今夜仕事なんだ。僕たちが車を飛ばしたことがママに知られないうちに車庫にもどそうって寸法さ」

「お父さんは、魔法省でどういうお仕事なの？」

「一番つまんないとこさ」とロン。「マグル製品不正使用取締局」

「なに局だって？」

「マグルの作ったものに魔法をかけることに関係があるんだ。つまり、それがマグルの店や家庭にもどされたときの問題なんだけど。去年なんか、あるおばあさん魔女が死んで、持ってた紅茶セットが古道具屋に売りに出されたんだ。どこかのマグルのおばさんがそれを買って、家に持って帰って友達にお茶を出そうとしたのさ。そしたら、ひどかったなあ。――パパは何週間も残業だったよ」

「いったいなにが起こったの？」

「ティーポットが大暴れして熱湯をそこいら中に噴き出したり、そばにいた男の人なんか砂糖つまみの道具で鼻をつままれて病院に担ぎ込まれてさ。パパはてんてこ舞いだったよ。同じ局には、パパともう一人、パーキンズっていう年寄りきりいないんだから。二人して記憶を消す呪文とかいろいろ揉《も》み消し工作をしてるよ……」

「だけど、君のパパって……この車とか……」

フレッドが声を上げて笑った。

「そうさ。親父さんたら、マグルのことにはなんでも興味津々で、家の納屋なんか、マグルの物がいっぱい詰まってる。親父はみんなバラバラにして、魔法をかけて、また組み立てるのさ。もし親父が自分の家を抜き打ち調査したら、たちまち自分を逮捕さ。お袋はそれが気が気でないのさ」

「大通りが見えたぞ」ジョージがフロントガラス越しに下を覗《のぞ》き込んで言った。「十分で着くな……よかった。もう夜が明けてきたし……」

東の地平線がほんのり桃色に染まっていた。

車は高度を下げ、ハリーの目に畑や木立ちの茂みが黒っぽいパッチワークのように見えてきた。

「僕らの家は」ジョージが話しかけた。「オッタリー・セント・キャッチポールっていう村から少し外れたとこにあるんだ」

空飛ぶ車は徐々に地面に近づいていた。木々の間から、真っ赤な曙光《しょこう》が射し込みはじめた。

「着陸成功！」

フレッドの言葉とともに、車は軽く地面を打ち着陸した。着陸地点は小さな庭のボロボロの車庫の脇だった。ハリーははじめてロンの家を見た。

かつては大きな石造りの豚小屋だったかもしれない。あちらこちらに部屋をくっつけた挙げ句に数階建ての家になったようだ。くねくねと曲がっているし、まるで魔法で支えているようだった（きっとそうだ、とハリーは思った）。赤い屋根に煙突が四本か五本、ちょこんと載っていた。入口近くに看板が少し傾いて立っていた。

「隠《かく》れ穴《あな》」

と書いてある。玄関の戸のまわりには何足もの長靴が無秩序に転がり、思いっ切り錆《さ》びついた大鍋《おおなべ》が置いてある。丸々と太った茶色の鶏が数羽、庭で餌《えさ》をついばんでいた。

「たいしたことないだろ」とロンが言った。

「すっごいよ」ハリーは、プリベット通りをちらっと思い浮かべ、幸せな気分で答えた。

四人は車を降りた。

「さあ、みんな、そうっと静かに二階に行くんだ」フレッドが言った。「お袋が朝食ですよって呼ぶまで待つ。それから、ロン、おまえが下に跳びはねながら下りていって言うんだ。『ママ、夜の間にだれがきたと思う！』。そうすりゃハリーを見てお袋は大喜びで、おれたちが車を飛ばしたなんてだぁれにも知られなくてすむ」

「了解。じゃ、ハリーおいでよ。僕の寝室は――」

ロンの顔がさぁっと青ざめた。目が一か所に釘づけになっている。あとの三人が急いで振り返った。

ウィーズリー夫人が庭の向こうから、鶏を蹴散らして猛然と突き進んでくる。小柄な丸っこい、やさしそうな顔の女性なのに、鋭い牙《きば》をむき出した虎にそっくりなのは、なかなかの見物だった。

「あちゃっ！」とフレッド。

「こりゃ、だめだ」とジョージ。

ウィーズリー夫人は四人の前でぴたりと止まった。両手を腰に当てて、バツの悪そうな顔を一人ひとりずいっと睨《にら》みつけた。花柄のエプロンのポケットから魔法の杖《つえ》が覗いている。

「それで？」と一言。

「おはよう、ママ」ジョージが、自分では朗《ほが》らかに愛想よく挨拶したつもりで声をかけた。

「母さんがどんなに心配したか、あなたたち、わかってるの？」ウィーズリー夫人の低い声は凄《すご》みが効いていた。

「ママ、ごめんなさい。でも、僕たちどうしても――」

三人の息子たちはみな母親より背が高かったが、母親の怒りの爆発の前では三人とも縮こまっていた。

「ベッドは空っぽ！　メモも置いてない！　車は消えてる。……事故でも起こしたのかもしれない……心配で心配でいたたまれなかったわ。……わかってるの？……こんなことははじめてだわ。……お父さまがお帰りになったら覚悟なさい。ビルやチャーリーやパーシーは、こんな苦労はかけなかったのに……」

「完璧・パーフェクト・パーシー」フレッドがつぶやいた。

「パーシーの爪のあかでも煎《せん》じて飲みなさい！」ウィーズリー夫人はフレッドの胸に指を突きつけてどなった。「あなたたち、死んだかもしれないのよ。姿を見られたかもしれないのよ。お父さまが仕事を失うことになったかもしれないのよ――」

この調子がまるで何時間も続くかのようだった。ウィーズリー夫人は声がかれるまでどなり続けた末に、ようやく気づいたようにハリーのほうに向きなおった。ハリーはたじたじと後ずさりした。

「まあ、ハリー、よくきてくださったわねえ。家へ入って、朝食をどうぞ」

ウィーズリー夫人はそう言うと、くるりと向きを変えて家へと歩き出した。ハリーはどうしようかとロンをちらりと見たが、ロンが大丈夫というようにうなずいたので、あとについていった。

台所は小さく、かなり狭苦しかった。しっかり洗い込まれた木のテーブルと椅子が、真ん中に置かれている。ハリーは椅子の端に腰掛けて、まわりを見渡した。ハリーは、魔法使いの家などこれまで一度も入ったことがなかった。

ハリーの反対側の壁に掛かっている時計には針が一本しかなく、数字が一つも書かれていない。その代わり、「お茶を入れる時間」「鶏に餌《えさ》をやる時間」「遅刻よ」などと書き込まれている。暖炉の上には本が三段重ねに積まれている。『自家製魔法チーズのつくり方』『お菓子を作る楽しい呪文』『一分間でご馳走を――まさに魔法だ！』などの本がある。流しの横に置かれた古ぼけたラジオから、放送が聞こえてきた。ハリーの耳が確かなら、こう言っている。「次は『魔女の時間』です。人気歌手の魔女セレスティナ・ワーベックをお迎えしてお送りします」

ウィーズリー夫人は、あちこちガチャガチャ言わせながら、行き当たりばったり気味に朝食を作っていた。息子たちには怒りのまなざしを投げつけ、フライパンにソーセージを投げ入れた。ときどき低い声で「おまえたちときたら、いったいなにを考えてるやら」とか、「こんなこと、絶対、思ってもみなかったわ」と、ぶつぶつ言った。

「あなたのことは責めていませんよ」

ウィーズリー夫人はフライパンを傾けて、ハリーの皿に八本も九本もソーセージを滑り込ませながら念を押した。

「アーサーと二人であなたのことを心配していたの。昨日の夜も、金曜日までにあなたからロンへの返事がこなかったら、わたしたちが迎えにいこうって話をしていたぐらいなのよ。でもねえ――」（今度は目玉焼きが三個もハリーの皿に入れられた）

「不正使用の車で国中の空の半分も飛んでくるなんて――だれかに見られてもおかし

くないでしょう――」

彼女があたりまえのように流しに向かって杖《つえ》を一振りすると、中で勝手に皿洗いが始まり、カチャカチャと軽い音が聞こえてきた。

「ママ、曇り空だったよ！」とフレッド。

「物を食べてるときはおしゃべりしないこと！」ウィーズリー夫人が一喝《いっかつ》した。

「ママ、連中はハリーを餓死《がし》させるとこだったんだよ！」とジョージ。

「おまえもお黙り！」とウィーズリー夫人がどなった。そのあとハリーのためにパンを切ってバターを塗りはじめると、前より和《やわ》らいだ表情になった。

そのとき、みなの気を逸《そ》らすことが起こった。ネグリジェ姿の小さな赤毛の女の子が台所に現れたと思うと、「キャッ」と小さな悲鳴を上げて、また走り去ってしまったのだ。

「ジニーだよ」ロンが小声でハリーにささやいた。「妹だ。夏休み中ずっと、君のことばっかり話してたよ」

「ああ、ハリー、君のサインをほしがるぜ」フレッドがニヤッとしたが、母親と目が合ったとたんにうつむいて、あとは黙々と朝食を食べた。四つの皿が空になるまで――あっという間に空になったが――あとはだれも一言もしゃべらなかった。

「なんだか疲れたぜ」

フレッドがやっとナイフとフォークを置き、あくびをした。

「僕、ベッドに行って……」

「行きませんよ」ウィーズリー夫人の一言が飛んできた。「夜中起きていたのは自分が悪いんです。庭に出て庭小人《にわこびと》を駆除なさい。また手に負えないぐらい増えています」

「ママ、そんな――」

「おまえたち二人もです」夫人はロンとジョージをギロッと睨《にら》みつけた。

「ハリー。あなたは上に行って、お休みなさいな。あのしょうもない車を飛ばせてくれって、あなたが頼んだわけじゃないんですもの」

「僕、ロンの手伝いをします。庭小人駆除って見たことがありませんし――」

バッチリ目が覚めていたハリーは、急いでそう言った。

「まあ、やさしい子ね。でも、つまらない仕事なのよ」とウィーズリー夫人が言った。

「さて、ロックハートがどんなことを書いているか、見てみましょう」

ウィーズリー夫人は暖炉の上の本の山から、分厚い本を引っ張り出した。

「ママ、僕たち、庭小人《にわこびと》の駆除のやり方ぐらい知ってるよ」ジョージがうなった。

ハリーは本の背表紙を見て、そこにでかでかと書かれている豪華な金文字の書名を読んだ。

『ギルデロイ・ロックハートのガイドブック――一般家庭の害虫』

表紙には大きな写真が見える。波打つブロンド、輝くブルーの瞳の、とてもハンサムな魔法使いだ。魔法界ではあたりまえのことだが、写真は動いていた。表紙の魔法使いは、――ギルデロイ・ロックハートなんだろうな、とハリーは思った――いたずらっぽいウィンクを投げ続けている。ウィーズリー夫人は写真に向かってにっこりした。

「あぁ、彼ってすばらしいわ。家庭の害虫についてほんとによくご存知。この本、とてもいい本だわ……」

「ママったら、彼に夢中なんだよ」フレッドはわざと聞こえるようなささやき声で言った。

「フレッド、ばかなことを言うんじゃないわよ」

ウィーズリー夫人は、頬をほんのり紅《あか》らめていた。

「いいでしょう。ロックハートよりよく知っているというのなら、庭に出て、お手並みを見せていただきましょうか。あとでわたしが点検に行ったときに、庭小人が一匹でも残ってたら、そのときに後悔しても知りませんよ」

あくびをしながら、ぶつくさ言いながら、ウィーズリー三兄弟はだらだらと外に出た。ハリーはあとに従った。広い庭で、ハリーにはこれこそ庭だと思えた。ダーズリー一家はきっと気に入らないだろう――雑草が生い茂り、芝生は伸び放題だった。しかし、壁のまわりは曲がりくねった木でぐるりと囲まれ、花壇という花壇には、ハリーが見たこともないような植物があふれるほどに茂っていたし、大きな緑色の池はカエルでいっぱいだった。

「マグルの庭にも飾り用の小人が置いてあるの、知ってるだろ」ハリーは芝生を横切りながらロンに言った。

「ああ、マグルが庭小人だと思っているやつは見たことがある」

ロンは腰を曲げて芍薬《しゃくやく》の茂みに首を突っ込みながら答えた。

「太ったサンタクロースの小さいのが釣《つ》り竿《ざお》を持ってるような感じだったな」

突然ドタバタと荒っぽい音がして芍薬の茂みが震え、中からロンが立ち上がった。

「これぞ」ロンが重々しく言った。「ほんとの庭小人なのだ」

「放せ！　放しやがれ！」小人はキーキーわめいた。

なるほど、サンタクロースとは似ても似つかない。小さく、ごわごわした感じで、ジャガイモそっくりの凸凹した大きな禿頭《はげあたま》だ。硬い小さな足でロンを蹴飛ばそうと暴れるので、ロンは腕を伸ばして小人をつかんでいた。それから足首をつかんで小人を逆さまにぶら下げた。

「こうやらないといけないんだ」

ロンは小人を頭の上に持ち上げて――「放せ！」小人がわめいた――投げ縄を投げるように大きく円を描いて小人を振り回しはじめた。ハリーがショックを受けたような顔をしているので、ロンが説明した。「小人を傷つけるわけじゃないんだ。――ただ、完全に目を回させて、巣穴にもどる道がわかんないようにするんだ」

ロンが小人の足首から手を放すと、小人は宙を飛んで、五、六メートル先の垣根の外側の草むらにドサッと落ちた。

「それっぽっちか！」フレッドが言った。「おれなんかあの木の切り株まで飛ばしてみせるぜ」

ハリーもたちまち小人がかわいそうだと思わないようになった。捕獲第一号を垣根の向こうにそっと落としてやろうとしたとたん、ハリーの弱気を感じ取った小人が剃《かみ》刀《そり》のような歯をハリーの指に食い込ませたのだ。ハリーは振りはらおうとしてさんざんてこずり、ついに――。

「ひゃー、ハリー、十五、六メートルは飛んだぜ……」

宙を舞う庭小人でたちまち空が埋め尽くされた。

「な？　連中はあんまり賢くないだろ」

一度に五、六匹を取り押さえながらジョージが言った。

「庭小人駆除が始まったとわかると、連中は寄ってたかって見物にくるんだよ。巣穴の中でじっとしているほうが安全だということが、いいかげんわかってもいいころなのにさ」

やがて、外の草むらに落ちた庭小人の群れが、あちこちからだらだらと列を作り、小さな背中を丸めて歩き出した。

「またもどってくるさ」

庭小人たちが草むらの向こうの垣根の中へと姿をくらますのを見ながら、ロンが言った。

「連中はここが気に入ってるんだから……パパったら連中に甘いんだ。おもしろいやつらだと思ってるらしくて……」

ちょうどそのとき、玄関のドアがバタンと音をたてた。

「噂《うわさ》をすれば、だ！」ジョージが言った。「親父が帰ってきた！」

四人は大急ぎで庭を横切り、家に駆けもどった。

ウィーズリー氏は台所の椅子にドサッと倒れ込み、メガネを外し、目をつむっていた。細身で禿《は》げていたが、わずかに残っている髪は子供たちとまったく同じ赤毛だった。ゆったりと長い緑のローブは埃《ほこり》っぽく、旅疲《たびづか》れしていた。

「ひどい夜だったよ」

子供たちがまわりに座ると、ウィーズリー氏はティーポットをまさぐりながらつぶやいた。

「九件も抜き打ち調査したよ。九件もだぞ！　マンダンガス・フレッチャーのやつめ、私がちょっと後ろを向いたすきに呪いをかけようとし……」

ウィーズリー氏はお茶をゆっくり一口飲むと、フーッとため息をついた。

「パパ、なんかおもしろいもの見つけた？」とフレッドが急き込んで聞いた。

「私が押収したのはせいぜい、縮む鍵数個と、噛《か》みつくヤカンが一個だけだった」

ウィーズリー氏はあくびをした。

「中にかなりすごいのも一つあったが、私の管轄じゃなかった。モートレイクが引っ張られて、なにやらひどく奇妙なイタチのことで尋問を受けることになったが、ありゃ、実験的呪文委員会の管轄だ。やれやれ……」

「鍵なんか縮むようにして、なんになるの？」ジョージが聞いた。

「マグルをからかう餌《えさ》だよ」ウィーズリー氏がまたため息をついた。「マグルに鍵を売って、いざ鍵を使うときには縮んで鍵が見つからないようにしてしまうんだ。……もちろん、犯人を挙げることは至極難しい。マグルは鍵が縮んだなんてだれも認めないし――連中は鍵を失くしたって言い張るんだ。まったくおめでたいよ。魔法を鼻先に突きつけられたって徹底的に無視しようとするんだから……。しかし、我々の仲間が魔法をかけた物ときたら、まったく途方もない物が――」

「たとえば車なんか？」

ウィーズリー夫人の登場だ。長い火掻《ひか》き棒を刀のように構えている。ウィーズリー氏の目がパッチリ開き、奥さんをバツの悪そうな目で見た。

「モリー、母さんや。く、くるまとは？」

「ええ、アーサー、そのくるまです」ウィーズリー夫人の目はらんらんだ。「ある魔法使いが、錆《さび》ついたおんぼろ車を買い取って、奥さんには仕組みを調べるので分解するとかなんとか言って、実は呪文をかけて空を飛べるようにした、というお話がありますわ」

ウィーズリー氏は目を瞬《しばたた》いた。

「ねえ、母さん。わかってもらえると思うが、それをやった人は法律の許す範囲でやっているんで。ただ、えー、その人はむしろ、えへん、奥さんに、なんだ、それ、ホントのことを……。法律というのは知ってのとおり、抜け穴があって……その車を飛ばすつもりがなければ、その車がたとえ飛ぶ能力を持っていたとしても、それだけでは――」

「アーサー・ウィーズリー。あなたが法律を作ったときに、しっかりと抜け穴を書き込んだんでしょう！」ウィーズリー夫人が声を張り上げた。

「あなたが、納屋一杯のマグルのガラクタにいたずらしたいから、だから、そうしたんでしょう！ 申し上げますが、ハリーが今朝到着しましたよ。あなたが飛ばすおつもりがないと言った車でね！」

「ハリー？」ウィーズリー氏はポカンとした。「どのハリーだね？」

ぐるりと見渡してハリーを見つけると、ウィーズリー氏は飛び上がった。

「なんとまあ、ハリー・ポッター君かい？ よくきてくれた。ロンがいつも君のことを――」

「あなたの息子たちが昨夜ハリーの家まで車を飛ばして、ハリーを連れてまたもどってきたんです！」ウィーズリー夫人はどなり続けた。「なにかおっしゃりたいことはありませんの。え？」

「やったのか？」ウィーズリー氏はうずうずしていた。「うまくいったのか？　つ、つまりだ――」

「そ、それは、おまえたち、いかん――そりゃ、絶対いかん……」ウィーズリー氏は口ごもった。

「二人にやらせとけばいい」

ウィーズリー夫人の目から火花が飛び散るのを見て、ウィーズリー夫人が大きな食用ガエルのようにふくれ上がったのを見て、ロンがハリーにささやいた。

「こいよ。僕の部屋を見せよう」

二人は台所を抜け出し、狭い廊下を通って凸凹の階段にたどり着いた。階段はジグザグと上に伸びていた。三番目の踊り場のドアが半開きになっていて、中から明るい鳶《とび》色の目が二つ、ハリーを見つめていた。ハリーがちらっと見るか見ないうちにドアはピシャッと閉じてしまった。

「ジニーだ」ロンが言った。「妹がこんなにシャイなのもおかしいんだよ。いつもならおしゃべりばかりしてるのに――」

それから二つ三つ踊り場を過ぎて、ペンキの剥《は》げかけたドアにたどり着いた。小さな看板が掛かり、「ロナルドの部屋」と書いてあった。

中に入ると、切妻《きりづま》の斜め天井に頭がぶつかりそうだった。ハリーは目を瞬《しばたた》いた。ロンの部屋の中はほとんどなにもかも、ベッドカバー、壁、天井までも、まるで炉の中に入り込んだように燃えるようなオレンジ色だった。よく見ると、粗末な壁紙を隅から隅までびっしりと埋め尽くして、ポスターが貼ってある。どのポスターにも七人の魔法使いの男女が、鮮やかなオレンジ色のユニフォームを着て、箒《ほうき》を手に元気よく手を振っていた。

「ご贔屓《ひいき》のクィディッチ・チームかい？」

「チャドリー・キャノンズさ」

ロンはオレンジ色のベッドカバーを指さした。黒々と大きなCの文字が二つと、風を切る砲丸の縫い取りがしてある。「ランキング九位だ」

呪文の教科書が、隅のほうにぐしゃぐしゃと積まれ、その脇のマンガ本の山は、みな『マッドなマグル、マーチン・ミグズの冒険』シリーズだった。ロンの魔法の杖《つえ》は窓枠のところに置かれ、その下の水槽の中はびっしりとカエルの卵がついている。その横で、太っちょの灰色ネズミ、ロンのペットのスキャバーズが日溜《ひだま》りにスースー眠っていた。

床に置かれた「勝手にシャッフルするトランプ」をまたいで、ハリーは小さな窓から外を見た。ずっと下のほうに広がる野原から、庭小人《にわこびと》の群れが一匹また一匹と垣根をくぐってこっそり庭にもどってくるのが見えた。振り返るとロンが緊張気味にハリーを見ていた。ハリーがどう思っているのか気にしているような顔だ。

「ちょっと狭いけど」ロンがあわてて口を開いた。「君のマグルのとこの部屋みたいじゃないけど。それに、僕の部屋、屋根裏お化けの真下だし。あいつ、しょっちゅうパイプをたたいたり、うめいたりするんだ……」

ハリーは思いっ切りにっこりした。

「僕、こんな素敵な家は生まれてはじめてだ」

ロンは耳元をポッと紅《あか》らめた。

第4章　フローリシュ・アンド・ブロッツ書店

「隠《かく》れ穴《あな》」での生活は、プリベット通りと比べものにならないほどちがっていた。ダーズリー一家は何事も四角四面にしないと気に入らなかったが、ウィーズリー家はその点破天荒《はてんこう》で、度肝を抜かれることばかりだった。台所の暖炉の上にある鏡を最初に覗《のぞ》き込んだとき、鏡が大声を上げたのでハリーはびっくりした。「だらしないぞ、シャツをズボンの中に入れろよ！」。

その他にも、屋根裏お化けは家の中が静かすぎると思えばわめくしパイプを落とすし、フレッドとジョージの部屋から小さな爆発音が上がっても、みなあたりまえという顔をしているのには驚いた。しかし、ロンの家での生活でハリーがいちばん不思議だと思ったことは、おしゃべり鏡でもうるさいお化けでもなく、みながハリーを好いているらしいということだった。

ウィーズリーおばさんは、ハリーのソックスがどうのこうのと小うるさかったし、食事のたびにむりやり四回もお代わりをさせようとした。ウィーズリーおじさんはといえば、夕食の席でハリーを隣に座らせたがり、マグルの生活について次から次と質問攻めにし、電気のプラグはどう使うのかとか、郵便はどんなふうに届くのかなどを知りたがった。

「おもしろい！」

電話の使い方を話して聞かせると、おじさんは感心した。

「まさに、独創的だ。マグルは魔法を使えなくてもなんとかやっていく方法を、実にいろいろ考えるものだ」

「隠れ穴」にきてから一週間ほど経ったある上天気の朝、ホグワーツからハリーに手紙が届いた。朝食をとりにロンと一緒に台所に下りていくと、ウィーズリー夫婦とジニーがすでにテーブルに着いていた。ハリーを見たとたん、ジニーはうっかりオートミールの深皿をひっくり返して床に落とし、皿はカラカラと大きな音をたてた。ハリーがジニーのいる部屋に入ってくるたびに、どうもジニーは物をひっくり返しがちだった。テーブルの下に潜って皿を拾い、またテーブルの上に顔を出したときには、ジニーは真っ赤な夕日のような顔をしていた。ハリーは気がつかないふりをしてテーブルに着き、ウィーズリーおばさんが出してくれたトーストをかじった。

「学校からの手紙だ」

ウィーズリーおじさんが、ハリーとロンにまったく同じような封筒を渡した。黄色味がかった羊皮紙《ようひし》の上に、緑色のインクで宛名が書いてあった。

「ハリー、ダンブルドアは、君がここにいることをもうご存知だ――なに一つ見逃さない方だよ、あの方は。ほら、おまえたち二人にもきてるぞ」

パジャマ姿のフレッドとジョージが、目の覚め切っていない足取りで台所に入ってきたところだった。

みなが手紙を読む間、台所はしばらく静かになった。ハリーへの手紙には、去年と同じく九月一日に、キングズ・クロス駅の九と四分の三番線からホグワーツ特急に乗るように書いてあった。新学期用の新しい教科書のリストも入っていた。

二年生は次の本を準備すること。

基本呪文集（二学年用）　ミランダ・ゴズホーク著

泣き妖怪バンシーとのナウな休日　ギルデロイ・ロックハート著
グールお化けとのクールな散策　ギルデロイ・ロックハート著
鬼婆とのオツな休暇　ギルデロイ・ロックハート著
トロールとのとろい旅　ギルデロイ・ロックハート著
バンパイアとバッチリ船旅　ギルデロイ・ロックハート著
狼男との大いなる山歩き　ギルデロイ・ロックハート著
雪男とゆっくり一年　ギルデロイ・ロックハート著

フレッドは自分のリストを読み終えて、ハリーのを覗《のぞ》き込んだ。

「君のもロックハートの本のオンパレードだ！　『闇の魔術に対する防衛術』の新しい先生はロックハートのファンだぜ。——きっと魔女だ」

フレッドの目と母親の目が合った。フレッドはあわててママレードを塗りたくった。

「この一式は安くないぞ」ジョージが両親のほうをちらりと見た。「ロックハートの本はなにしろ高いんだ……」

「まあ、なんとかなるわ」そう言いながら、おばさんは少し心配そうな顔をした。

「たぶん、ジニーのものはお古ですませられると思うし……」

「ああ、君も今年ホグワーツ入学なの？」ハリーがジニーに聞いた。

ジニーはうなずきながら、真っ赤な髪の根元のところまで顔を真っ赤にし、バターの入った皿に肘《ひじ》を突っ込んだ。幸運にもそれを見たのはハリーだけだった。ちょうどロンや双子の兄のパーシーが台所に入ってきたからだ。きちんと着替えて、手編みのタンクトップに監督生《かんとくせい》バッジをつけていた。

「みなさん、おはよう。いい天気ですね」パーシーがさわやかに挨拶した。

パーシーはたった一つ空いていた椅子に座ったが、とたんにはじけるように立ち上がり、尻の下からボロボロ毛の抜けた灰色の毛ばたき——少なくともハリーにはそう思えた——を引っ張り出した。毛ばたきは息をしていた。

「エロール！」

ロンがよれよれのふくろうをパーシーから引き取り、翼の下から手紙を取り出した。

「やっときた。エロールじいさん、ハーマイオニーからの返事を持ってきたよ。ハリーをダーズリーのところから助け出すつもりだって、手紙を出したんだ」

ロンは勝手口の内側にある止まり木まで、エロールを運んでいって、止まらせようとしたが、エロールはポトリと床に落ちてしまった。

「悲劇的だよな」とつぶやきながら、ロンはエロールを食器の水切り棚の上に載せてやった。それから封筒をビリッと破り、手紙を読み上げた。

ロン、ハリー（そこにいる？）

お元気ですか。すべてうまくいって、ハリーが無事なことを願っています。それに、ロン、あなたが彼を救い出すとき、違法なことをしなかったことを願っています。そんなことをしたら、ハリーも困ったことになりますからね。私は本当に心配していたのよ。ハリーが無事なら、お願いだからすぐに知らせてね。だけど、別なふくろうを使ったほうがいいかもしれません。もう一回配達させたら、あなたのふくろうは、おしまいになってしまうかもしれないもの。

私はもちろん、勉強でとても忙しくしています。

「マジかよ、おい」ロンが恐怖の声を上げた。「休み中だぜ！」

——私たち、水曜日に新しい教科書を買いにロンドンに行きます。ダイアゴン横丁でお会いしませんか？

近況をなるべく早く知らせてね。

ではまた。

ハーマイオニー

「ちょうどいいわ。わたしたちも出かけて、あなたたちの分を揃えましょう」

ウィーズリーおばさんがテーブルを片づけながら言った。

「今日はみんなどういうご予定？」

ハリー、ロン、フレッド、ジョージは、丘の上にあるウィーズリー家の小さな牧場に出かける予定だった。その草むらはまわりを木立ちで囲まれ、下の村からは見えないようになっていた。つまり、あまり高く飛びさえしなければクィディッチの練習ができるというわけだ。本物のボールを使うわけにはいかない。もしもボールが逃げ出して村のほうに飛んでいったら、説明のしようがないからだ。だから代わりに、四人はリンゴでキャッチボールをした。みなで代わるがわるハリーのニンバス２０００に乗ってみたが、ニンバス２０００はやはり圧巻だった。ロンの中古の箒《ほうき》「流れ星」は、そばを飛んでいる蝶にさえ追い抜かれた。

五分後、四人は箒を担ぎ、丘に向かって行進していた。パーシーも一緒にこないかと誘ったが、忙しいと断られた。ハリーは食事のときしかパーシーを見ることがなかった。あとはずっと、部屋に閉じこもり切りだった。

「やっこさん、いったいなにを考えてるんだか」

フレッドが眉をひそめながら言った。

「あいつらしくないんだ。君が到着する前の日に、統一試験の結果が届いたんだけど、なんと、パーシーは十二学科とも全部パスして、『十二ふくろう』だったのに、にこりともしないんだぜ」

『ふくろう』って、十五歳になったら受ける試験で、普通（O）魔法（W）レベル（L）試験、つまり頭文字を取ってO・W・L《ふくろう》のことさ」

ハリーがわかっていない顔をしたので、ジョージが説明した。

「ビルも十二だったな。へたすると、この家からもう一人首席が出てしまうぞ。おれはそんな恥には耐えられないぜ」

ビルはウィーズリー家の長男だった。ビルも次男のチャーリーもホグワーツを卒業している。ハリーは、二人にまだ会ったことはなかったが、チャーリーがルーマニアにいてドラゴンの研究をしていること、ビルがエジプトにいて魔法使いの銀行、グリンゴッツで働いていることは知っていた。

「親父もお袋もどうやって学用品を揃えるお金を工面するのかな」しばらくしてからジョージが言った。「ロックハートの本を五人分だぜ！　ジニーだってローブやら杖《つえ》やら必要だし……」

ハリーは黙っていた。少し居心地の悪い思いがした。ロンドンにあるグリンゴッツの地下金庫には、ハリーの両親が残してくれたかなりの財産が預けられていた。もちろん、魔法界だけにしか通用しない財産だ。ガリオンだのシックルだのクヌートだの、マグルの店では使えはしない。グリンゴッツ銀行のことを、ハリーは一度もダーズリー一家に話してはいない。魔法と名のつくものはなにもかも恐れているダーズリーたちも、山積みの金貨となれば話は別だろう。

ウィーズリーおばさんは、水曜日の朝早くにみなを起こした。ベーコン・サンドイッチを一人当たり六個ずつ、一気に飲み込んで、みなコートを着込んだ。おばさんが、暖炉の上から植木鉢を取って中を覗《のぞ》き込んだ。

「アーサー、だいぶ少なくなってるわ」おばさんがため息をついた。「今日、買い足しておかないとね……さぁて、お客様からどうぞ！　ハリー、お先にどうぞ！」

おばさんが鉢をさし出した。

みながハリーを見つめ、ハリーはみなを見つめ返した。

「な、なにすればいいの？」ハリーはあわてた。

「ハリーは煙突飛行粉《フルーパウダー》を使ったことがないんだ」ロンが突然気づいた。「ごめん、ハリー、僕、忘れてた」

「一度も？」ウィーズリーおじさんが言った。「じゃ、去年は、どうやってダイアゴン横丁まで学用品を買いにいったのかね？」

「地下鉄に乗りました」

「ほう？」ウィーズリーおじさんは身を乗り出した。「エスカ・ペー・ター・とかがあるのかね？　それはどうやって――」

「アーサー、その話はあとにして。ハリー、煙突飛行って、それよりずっと速いのよ。だけど、一度も使ったことがないとはねぇ」

「ハリーは大丈夫だよ、ママ。ハリー、僕たちのを見てろよ」とフレッドが言った。

フレッドは鉢からキラキラ光る粉を一滴み《ひとつま》取り出すと、暖炉の火に近づき、炎に粉を振りかけた。

ゴーッという音とともに炎はエメラルド・グリーンに変わり、フレッドの背丈より高く燃え上がった。その中に入ったフレッドは、「ダイアゴン横丁」とさけんだかと思うと、フッと消えた。

「ハリー、はっきり発音しないとだめよ」

ウィーズリーおばさんが注意した。ジョージが鉢に手を突っ込んだ。

「それに、まちがいなく正しい火格子《ひごうし》から出ることね」

「正しいなんですか？」

ハリーは心もとなさそうにたずねた。ちょうど燃え上がった炎が、ジョージをヒュッとかき消したときだった。

「あのね、魔法使いの暖炉といっても、本当にいろいろあるのよ。ね？　でもはっきり発音さえすれば――」

「ハリーは大丈夫だよ、モリー。うるさく言わなくとも」

ウィーズリーおじさんが煙突飛行粉を摘みながら言った。

「でも、あなた。ハリーが迷子になったら、おじ様とおば様になんと申し開きできます？」

「あの人たちはそんなこと気にしません。僕が煙突の中で迷子になったら、ダドリーなんか、きっと最高に笑えるって喜びます。心配しないでください」ハリーは請け合った。

「そう……それなら……アーサーの次にいらっしゃいな。いいこと、炎の中に入ったら、どこに行くかを言うのよ——」

「肘《ひじ》は引っ込めておけよ」ロンが注意した。

「それに目は閉じてね。煤《すす》が——」ウィーズリーおばさんだ。

「もぞもぞ動くなよ。動くと、とんでもない暖炉に落ちるかもしれないから——」とロン。

「だけどあわてないでね。あんまり急いで外に出ないで、フレッドとジョージの姿が見えるまで待つのよ」

なんだかんだを必死に頭にたたき込んで、ハリーは煙突飛行粉を一《ひと》摘《つま》み取り、暖炉の前に進み出た。深呼吸して粉を炎に投げ入れ、ずいと中に入った。炎は暖かいそよ風のようだった。ハリーは口を開いた。とたんにいやというほど熱い灰を吸い込んだ。

「ダ、ダイア、ゴン横丁」咽《む》せながら言った。

まるで巨大な穴に渦を巻いて吸い込まれていくようだった。高速で回転しているらしい……耳が聞こえなくなるかと思うほどの轟音だ。目を開いていようと努力したが、緑色の炎の渦に気分が悪くなった。……なにか硬いものが肘《ひじ》にぶつかったので、ハリーはしっかりと肘を引いた。回る……回る……今度は冷たい手で頬を打たれたような感じがした。……メガネ越しに目を細めて見ると、輪郭のぼやけた暖炉が次々と目の前を通り過ぎ、その向こう側の部屋がちらっちらっと見えた。……ベーコン・サンドイッチが胃の中でひっくり返っている……ハリーはまた目を閉じた。止まってくれればいいのに。――急に、ハリーは前のめりに倒れた。冷たい石に顔を打って、メガネが壊れるのがわかった。

くらくらズキズキしながら、煤《すす》だらけになってハリーはそろそろと立ち上がり、壊れたメガネを目にかざした。ハリーのほかにはだれもいない。ここはいったいどこなのか、さっぱりわからなかった。わかったことといえば、ハリーは石の暖炉の中に突っ立っていて、その暖炉は大きな魔法使いの店の薄明かりの中にあった。――売っている物はどう見ても、ホグワーツ校のリストには載りそうもない物ばかりだ。

手前のショーケースには、クッションに載せられた萎《しな》びた手、血に染まったトランプ、それに義眼がぎろりと目をむいていた。壁からは邪悪な表情の仮面が見下ろし、カウンターには人骨がばら積みになっている。天井からは錆《さび》ついた刺だらけの道具がぶら下がっていた。もっと悪いことに、埃《ほこり》で汚れたウィンドウの外に見える暗い狭い通りは、絶対にダイアゴン横丁ではなかった。

一刻も早くここを出なければ。暖炉の床にぶつけた鼻がまだズキズキしていたが、ハリーはすばやくこっそりと出口に向かった。だが、途中まできたとき、ガラス戸の向こうに二つの人影が見えた。その一人は――こんなときに最悪の出会い。メガネは壊れ、煤まみれで迷子になったハリーが最も会いたくない人物――ドラコ・マルフォイだった。

ハリーは急いでまわりを見回し、左にある大きな黒いキャビネット棚の中に飛び込んで身を隠した。扉を閉め、覗《のぞ》き用の隙間を細く開けた。間を置かずベルがガランガランと鳴り、マルフォイが入ってきた。

あとに続いて入ってきたのは父親にちがいない。息子と同じ血の気のない顔、尖《とが》った顎《あご》、息子と瓜二つの冷たい灰色の目をしている。マルフォイ氏は、陳列の商品に何気なく目をやりながら、店の奥まで入ってきた。カウンターのベルを押し、息子に向かって言った。

「ドラコ、いっさい触るんじゃないぞ」

義眼に手を伸ばしていたドラコが、「なにかプレゼントを買ってくれるんだと思ったのに」と言った。

「競技用の箒を買ってやると言ったんだ」父親は、カウンターを指でトントンたたきながら言った。

「寮の選手に選ばれなきゃ、そんなの意味ないだろ?」

マルフォイはすねて不機嫌な顔をした。

「ハリー・ポッターなんか、去年ニンバス2000をもらったんだ。グリフィンドールの寮チームでプレイできるように、ダンブルドアから特別許可ももらった。あいつ、そんなにうまくもないのに。単に有名だからなんだ……額《ひたい》にばかな傷があるだけで有名なんだ」

ドラコ・マルフォイはかがんで、髑髏《どくろ》の陳列棚をしげしげ眺めた。

「……どいつもこいつも、ハリーがかっこいいって思ってる。額に傷、手に箒のすてきなポッター――」

「もう何十回と同じことを聞かされた」

マルフォイ氏が、押さえつけるような目で息子を見た。

「しかし言っておくが、ハリー・ポッターが好きではないような素振りを見せるのは、なんと言うか――賢明ではないぞ。とくにいまは、大多数の者が彼を、闇の帝王を消したヒーローとして扱っているのだから――。やぁ、ボージン君」

猫背の男が脂《あぶら》っこい髪をなでつけながらカウンターの向こうに現れた。

「マルフォイ様、また、おいでいただきましてうれしゅうございます」

ボージン氏は髪の毛と同じく脂っこい声を出した。

「恭悦至極《きょうえつしごく》でございます。――そして若様まで――光栄でございます。手前どもになにかご用ですか？　本日入荷したばかりの品をお目にかけなければ。お値段のほうは、お勉強させていただき……」

「ボージン君、今日は買いにきたのではなく、売りにきたのだよ」とマルフォイ氏が言った。

「へ、売りに？」ボージン氏の顔からふっと笑いが薄らいだ。

「当然聞き及んでいると思うが、魔法省が抜き打ちの立入調査を仕掛けることが多くなった」マルフォイ氏は話しながら内ポケットから羊皮紙《ようひし》の巻紙を取り出し、ボージン氏が読めるように広げた。

「私も少しばかりの――あー――物品を家に持っておるので、もし役所の訪問でも受けた場合、都合の悪い思いをするかもしれない……」

ボージン氏は鼻メガネをかけ、リストを読んだ。

「魔法省があなた様にご迷惑をおかけするとは、考えられませんが。ねぇ、旦那《だんな》様？」

マルフォイ氏の口元がニヤリとした。

「まだ訪問はない。マルフォイ家の名前は、まだそれなりの尊敬を勝ち得ている。しかし、役所はとみに小うるさくなっている。マグル保護法の制定の噂《うわさ》もある。――あの、虱《しらみ》ったかりの、マグル贔屓《びいき》のアーサー・ウィーズリーのばか者が、裏で糸を引いているにちがいない――」

ハリーは熱い怒りが込み上げてくるのを感じた。

「――となれば、見てわかるように、これらの毒物の中には、一見、その手のもののように見えるものが――」

「万事心得ておりますとも、旦那《だんな》様。ちょっと拝見を………」

「あれを買ってくれる？」

ドラコがクッションに置かれた萎《しな》びた手を指さして、二人の会話を遮《さえぎ》った。

「あぁ、『輝きの手』でございますね！」

ボージン氏はリストを放り出してドラコのほうにせかせか駆け寄った。

「蠟燭《ろうそく》を差し込みますと、手を持っている者にしか見えない灯《とも》りが点ります。泥棒、強盗には最高の味方でございまして。若様は、お目が高くていらっしゃる！」

「ボージン、私の息子は泥棒、強盗よりはましなものになってほしいのだが」

マルフォイ氏は冷たく言った。ボージン氏はあわてて、「とんでもない。そんなつもりでは。旦那様」と取り繕《つくろ》った。

「ただし、この息子の成績が上がらないようなら」マルフォイ氏の声が一段と冷たくなった。「行き着く先は、せいぜいそんなところかもしれん」

「僕の責任じゃない」ドラコが言い返した。「先生がみんな贔屓をするんだ。あのハーマイオニー・グレンジャーが――」

「私はむしろ、魔法の家系でもなんでもない小娘に全科目の試験で負けているおまえが、恥じ入ってしかるべきだと思うが」

「やーい！」ハリーは声を殺して言った。ドラコが恥と怒りの交じった顔をしているのが小気味よかった。

「このごろはどこでも同じでございます」ボージン氏が脂《あぶら》っこい声で言った。「魔法使いの血筋など、どこでも安く扱われるようになってしまいまして――」

「私はちがうぞ」マルフォイ氏は細長い鼻の穴をふくらませた。

「もちろんでございますとも、旦那様。わたしもでございますよ」ボージン氏は深々とお辞儀《じぎ》をした。

「それなれば、私のリストに話をもどそう」マルフォイ氏はびしっと言った。「ボージン、私は少し急いでいるのでね。今日は他にも大事な用件があるのだよ」

二人は交渉を始めた。ドラコが商品を眺めながら次第にハリーの隠れているところに近づいてくるので、ハリーは気が気ではなかった。ドラコは、絞首刑用の長いロープの束の前で立ち止まってしげしげ眺め、豪華なオパールのネックレスの前に立てかけてある説明書を読んで、ニヤニヤした。

ご注意――手を触れないこと
呪われたネックレス――これまでに十九人の持ち主のマグルの命を奪った

ドラコは向きを変え、ちょうど目の前にあるキャビネット棚に目を止めた。前に進み……取っ手をつかもうと手を伸ばした……。

「決まりだ」カウンターの前でマルフォイ氏が言った。「ドラコ、行くぞ！」

ドラコが向きを変えたので、ハリーは額《ひたい》の冷や汗を袖《そで》で拭《ぬぐ》った。

「ボージン君、お邪魔したな。明日、館《やかた》のほうに物を取りにきてくれるだろうね」

ドアが閉まったとたん、ボージン氏のとろとろとした脂《あぶら》っこさが消し飛んだ。

「ご機嫌よう、マルフォイ閣下《かっか》さまさま。噂《うわさ》が本当なら、あなた様がお売りになったのは、そのお館とやらにお隠しになっている物の半分にもなりませんわな……」

ブツブツと暗い声でつぶやきながら、ボージン氏は奥に引っ込んだ。ハリーはもどってこないかどうかしばらく様子を見、それから、できるだけ音をたてずにキャビネット棚から滑り出てショーケースの脇を通り抜け、店の外に出た。

壊れたメガネを鼻の上でしっかり押さえながら、ハリーはまわりを見回した。胡散《うさん》くさい横丁だった。闇の魔術に関する物しか売っていないような店が軒を連ねている。いまハリーが出てきた店、「ボージン・アンド・バークス」が一番大きな店らしい。その向かい側の店のショーウィンドウには、気味の悪い、縮んだ生首が飾られ、二軒先には大きな檻《おり》があって、巨大な黒蜘蛛《くも》が何匹もガサゴソしていた。みすぼらしいなりの魔法使いが二人、店の入口の薄暗がりの中からハリーをじっと見て、互いになにやらボソボソ言っている。ハリーは背筋がザワッとしてそこを離れた。メガネを鼻の上にまっすぐ乗っかるように手で押さえながら、なんとかここから出る道を見つけなければと、藁《わら》にもすがる思いでハリーは歩いた。

毒蠟燭《どくろうそく》の店の軒先に掛かった古ぼけた木の看板が、通りの名を教えてくれた。

「夜の闇横丁《ノクターン》」

なんのヒントにもならない。聞いたことがない場所だ。ウィーズリー家の暖炉の炎の中で、口一杯に灰を吸い込んだままの発音だったので、きちんと通りの名前を言えなかったのだろう。落ち着け、と自分に言い聞かせながら、ハリーはどうしたらよいか考えた。

「坊や、迷子になったんじゃなかろうね?」すぐ耳元で声がして、ハリーは跳び上がった。

老婆が盆を持ってハリーの前に立っていた。気味の悪い、人間の生爪のような物が盆に積まれている。老婆はハリーを横目で見ながら、黄色い歯をむき出した。ハリーは思わず後ずさりした。

「いえ、大丈夫です。ただ――」

「ハリー! おまえさん、こんなとこでなにしちょるんか?」

ハリーは心が躍った。老婆は跳び上がった。山積みの生爪が、老婆の足元にバラバラと滝のように落ちた。ホグワーツの森番、ハグリッドの巨大な姿に向かって老婆は悪態をついた。ハグリッドが、ごわごわした巨大なひげの中から、黄金虫《こがねむし》のような真っ黒な目を輝かせて、二人のほうに大股で近づいてきた。

「ハグリッド!」ハリーはほっと気が抜けて声がかすれた。「僕、迷子になって……

煙突飛行粉が……」

ハグリッドはハリーの襟首《えりくび》をつかんで、老魔女から引き離した。はずみで盆が魔女の手から吹っ飛んだ。魔女のかん高い悲鳴が、二人のあとを追いかけてくねくねした横丁を通り、明るい陽の光の中に出るまでついてきた。遠くにハリーの見知った、純白の大理石の建物が見えた。グリンゴッツ銀行だ。ハグリッドは、ハリーを一足飛びにダイアゴン横丁に連れてきてくれた。

「ひどい格好をしちょるもんだ！」

ハグリッドはぶっきらぼうにそう言うと、ハリーの煤《すす》を払った。あまりの力で払うので、ハリーはすんでのところで薬問屋の前にあるドラゴンの糞《ふん》の樽《たる》の中に突っ込むところだった。

「夜の闇横丁《ノクターン》なんぞ、どうしてまたうろうろしとったか。――ハリーよ、あそこは危ねえとこだ――おまえさんがいるところを、だれかに見られでもしてみろ――」

「僕も、そうだろうと思った」

ハリーはハグリッドがまた煤払いをしようとしたので、ひょいとかわしながら言った。

「言っただろ、迷子になったたって――ハグリッドはいったいなにをしてたの？」

『肉食ナメクジの駆除剤』を探しとった」ハグリッドはうなった。「やつら、学校のキャベツを食い荒らしとる。おまえさん、一人じゃなかろ？」

「僕、ウィーズリーさんのとこに泊まってるんだけど、はぐれちゃった。探さなけりゃ」

二人は一緒に歩きはじめた。

「おれの手紙に返事をくれなんだのはどうしてかい？」

ハリーはハグリッドに並んで小走りに走っていた――ハグリッドのブーツが大股に一歩踏み出すたびに、ハリーは三歩歩かなければならなかった――。ハリーはドビーのことや、ダーズリーがなにをしたかを話して聞かせた。

「腐れマグルめ。おれがそのことを知っとったらなぁ」ハグリッドは歯噛《はが》みした。

「ハリー！　ハリー！　ここよ！」

ハリーが目を上げると、グリンゴッツの白い階段の一番上にハーマイオニー・グレンジャーが立っていた。ふさふさした栗色の髪を後ろになびかせながら、ハーマイオニーは二人のそばに駆け下りてきた。

「メガネをどうしちゃったの？　ハグリッド、こんにちは……ああ、また二人に会えて、私とってもうれしい……ハリー、グリンゴッツに行くところなの？」

「ウィーズリーさんたちを見つけてからだけど」

「おまえさん、そう長く待たんでもええぞ」ハグリッドがにっこりした。

ハリーとハーマイオニーが見回すと、人込みでごった返した通りを、ロン、フレッド、ジョージ、パーシー、ウィーズリーおじさんが駆けてくるのが見えた。

「ハリー」ウィーズリーおじさんが喘《あえ》ぎながら話しかけた。

「いや、せいぜい一つ向こうの火格子《ひごうし》まで行きすぎたくらいであればと願っていたんだよ……」

おじさんは禿《は》げた額《ひたい》に光る汗を拭《ぬぐ》った。

「モリーは半狂乱だったよ。――いまこっちへくるがね」

「どっから出たんだい？」とロンが聞いた。

「夜の闇横丁《ノクターン》」ハグリッドが暗い顔をした。

「すっげぇ！」フレッドとジョージが同時にさけんだ。

「僕たち、そこに行くのを許してもらったことないよ」ロンがうらやましそうに言った。

「そりゃぁ、そのほうがずーっとええ」ハグリッドがうめくように言った。

今度はウィーズリーおばさんが飛び跳ねるように走ってくるのが見えた。片手にぶら下げたハンドバッグが右に左に大きく揺れ、もう一方の手にはジニーがやっとのことでぶら下がっている。

「あぁ、ハリー――おぉ、ハリー――とんでもないところに行ったんじゃないかと思って……」

息を切らしながら、おばさんはハンドバッグから大きなはたきを取り出し、ハグリッドがたたき出し切れなかった煤《すす》を払いはじめた。ウィーズリーおじさんが壊れたメガネを取り上げ、杖《つえ》で軽くひとたたきすると、メガネは新品同様になった。

「さあ、もう行かにゃならん」ハグリッドが言った。

その手をウィーズリー夫人がしっかりにぎりしめていた――「『夜の闇横丁《ノクターン》！』ハグリッド、あなたがハリーを見つけてくださらなかったら！」――。

「みんな、ホグワーツで、またな！」

ハグリッドは大股で去っていった。人波の中でひときわ高く、頭と肩がそびえていた。

「『ボージン・アンド・バークス』の店でだれに会ったと思う？」

グリンゴッツの階段を上りながら、ハリーがロンとハーマイオニーに問いかけた。

「マルフォイと彼の父親なんだ」

「ルシウス・マルフォイは、なにか買ったのかね？」

後ろからウィーズリーおじさんが厳しい声を上げた。

「いいえ、売ってました」

「なるほど、心配になったというわけだ」ウィーズリーおじさんが真顔で満足げに言った。

「あぁ、ルシウス・マルフォイの尻尾《しっぽ》をつかみたいものだ……」

「アーサー、気をつけないと」

ウィーズリーおばさんが厳しく言った。ちょうど、小鬼がお辞儀《じぎ》をして、銀行の中に一行を招じ入れるところだった。

「あの家族はやっかいよ。むりして火傷しないように」

「なにかね、わたしがルシウス・マルフォイにかなわないとでも？」

ウィーズリーおじさんはむっとしたが、ハーマイオニーの両親がいるのに気づくと、たちまちそちらに気を取られた。壮大な大理石のホールの端から端まで延びるカウンターのそばに二人は不安そうに佇《たたず》んで、ハーマイオニーが紹介してくれるのを待っていた。

「なんと、マグルのお二人がここに！」

ウィーズリーおじさんがうれしそうに呼びかけた。

「一緒に一杯いかがですか！　そこに持っていらっしゃるのはなんですか？　あ、マグルのお金を換えていらっしゃるのですか。モリー、見てごらん！」

おじさんはグレンジャー氏の持っている十ポンド紙幣を指さして興奮していた。

「あとで、ここで会おう」

ロンはハーマイオニーにそう呼びかけ、ウィーズリー一家とハリーは、一緒に小鬼に連れられて、地下の金庫へと向かった。

金庫に行くには、小鬼の運転する小さなトロッコに乗って地下トンネルのミニ線路の上を矢のように走るのだ。ハリーは、ウィーズリー家の金庫までは猛スピードで走る旅を楽しんだが、金庫が開かれると「夜の闇横丁《ノクターン》」に着いたときよりもっとずっと気が滅入った。シックル銀貨がほんのひとにぎりと、ガリオン金貨が一枚しかなかったのだ。ウィーズリーおばさんは隅のほうまでかき集め、ありったけをハンドバッグに入れた。みなが自分の金庫にきたとき、ハリーはもっと申し訳なく思った。金庫の中身がなるべくみなに見えないようにしながら、ハリーは急いでコインをつかみ取り、革の袋に押し込んだ。

出口の大理石の階段までもどったあとは、それぞれ別行動を取った。パーシーは新しい羽根ペンがいるともそもそ言い、フレッドとジョージはホグワーツの悪友、リー・ジョーダンを見つけた。ウィーズリー夫人は、ジニーと二人で中古の制服を買いにいくことになった。ウィーズリー氏はグレンジャー夫妻に、居酒屋「漏《も》れ鍋《なべ》」でぜひ一緒に飲もうと誘った。

「一時間後にみんなフローリシュ・アンド・ブロッツ書店で落ち合いましょう。教科書を買わなくちゃ」

ウィーズリーおばさんはそう言うと、ジニーを連れて歩き出した。

「それと、『夜の闇横丁《ノクターン》』には一歩も入ってはいけませんよ」

どこかへずらかろうとする双子の背中に向かっておばさんはさけんだ。

ハリーは、ロン、ハーマイオニーと三人で、曲がりくねった石畳の道を散策した。ハリーのポケットの中では袋一杯の金、銀、銅貨がチャラチャラと陽気な音を立て、使ってくれと騒いでいるようだった。ハリーは、苺とピーナッツバターの大きなアイスクリームを三つ買い、三人で楽しくペロペロなめながら路地を歩き回って、素敵なウィンドウ・ショッピングをした。

ロンは「高級クィディッチ用具店」のウィンドウでチャドリー・キャノンズのユニフォーム一揃いを見つけ、食い入るように見つめて動かなくなったが、ハーマイオニーがインクと羊皮紙《ようひし》を買うのに二人を隣の店までむりやり引きずっていった。

「ギャンボル・アンド・ジェイプス悪戯専門店《いたずらせんもんてん》」でフレッド、ジョージ、リー・ジョーダンの三人組に出会った。手持ちが少なくなったからと、「ドクター・フィリバスターの長々《ながなが》花火――火なしで火がつくヒヤヒヤ花火」を買いだめしていた。折れた杖《つえ》やら目盛りの狂った台秤《だいばかり》、魔法薬の染みだらけのマントなどを売っているちっぽけな雑貨屋で、パーシーを見つけた。『権力を手にした監督生《かんとくせい》たち』という小さな恐ろしくつまらない本を、恐ろしく没頭して読んでいた。

「ホグワーツの監督生たちと卒業後の出世の研究」ロンが、裏表紙に書かれた言葉を読み上げた。「こりゃ、すんばらしい……」

「あっちへ行け」パーシーが噛《か》みつくように言った。

「パーシーはそりゃあ野心家だよ。将来の計画はばっちりさ……魔法大臣になりたいんだ……」ロンが、ハリーとハーマイオニーに低い声で教え、三人は、パーシーを一人そこに残して店を出た。

一時間後、フローリシュ・アンド・ブロッツ書店に向かった。書店に向かっていたのはけっして三人だけではなかったが、そばまできてみると驚いたことに黒山の人だかりで、みな押し合いへし合いしながら中に入ろうとしていた。その理由は、上階の窓に掛かった大きな横断幕に、デカデカと書かれていた。

サイン会
ギルデロイ・ロックハート
自伝『私はマジックだ』
本日午後十二時三十分〜十六時三十分

「本物の彼に会えるわ！」

ハーマイオニーが黄色い声を上げた。

「だって、彼って、リストにある教科書をほとんど全部書いてるじゃない！」

人だかりのほとんどは、ウィーズリー夫人くらいの年齢の魔女ばかりだった。ドアのところに当惑顔の魔法使いが一人立っていた。

「奥様方、お静かに。お静かに願います……押さないでください……本にお気をつけ願います……」

ハリー、ロン、ハーマイオニーは人垣を押し分けて中に入った。長い列は店の奥まで続き、その先でギルデロイ・ロックハートがサインをしていた。三人は急いで『泣き妖怪バンシーとのナウな休日』を一冊ずつ引っつかみ、ウィーズリー一家とグレンジャー夫妻の並ぶところにこっそり割り込んだ。

「まあ、よかった。きたのね」ウィーズリーおばさんは息をはずませ、何度も髪をなでつけていた。「もうすぐ彼に会えるわ……」

ギルデロイ・ロックハートの姿がだんだん見えてきた。座っている机のまわりには、自分自身の大きな写真がぐるりと貼られ、人垣に向かって写真がいっせいにウィンクし、輝くような白い歯を見せびらかしていた。本物のロックハートは、瞳《ひとみ》の色にぴったりの忘れな草色のローブに身を包み、波打つ髪には魔法使いの三角帽を小粋な角度に載せている。

「そこ、どいて」

気の短そうな小男がそのまわりを踊り回って、大きな黒いカメラで写真を撮っていた。目もくらむようなフラッシュが焚《た》かれるたびに、ポッポッと紫の煙が上がった。

カメラマンがアングルをよくするために後ずさりし、ロンに向かって低くうなるように指図した。

「日刊予言者新聞《にっかんよげんしゃしんぶん》の写真だから」

「それがどうしたってんだ」ロンはカメラマンに踏まれた足をさすりながら言っ

た。

その声を聞いて、ギルデロイ・ロックハートが顔を上げた。まずロンに目をやり――そしてハリーを見た。じっと見つめる。それから勢いよく立ち上がり、さけんだ。

「もしや、ハリー・ポッターでは？」

興奮したささやき声が上がり、人垣がパッと割れて道を作った。ロックハートは列に飛び込み、ハリーの腕をつかんで正面に引き出した。人垣がいっせいに拍手した。ロックハートがハリーと握手しているポーズをカメラマンが撮ろうと、ウィーズリー一家の頭上に厚い雲が漂うほどシャッターを押しまくった。ハリーは顔がほてった。

「ハリー、にっこり笑って！」ロックハートが輝くような歯を見せながら言った。

「一緒に写れば、君と私《わたくし》とで一面大見出し記事ですよ」

やっと手を放してもらったときには、しびれてハリーの指は感覚がなくなっていた。ウィーズリー一家のところへこっそりもどろうとしたが、ロックハートはハリーの肩に腕を回して、がっちりと自分の横に締めつけた。

「みなさん」

ロックハートは声を張り上げ、手でご静粛にという合図をした。

「なんと記念すべき瞬間でしょう！　私がここしばらく伏せていたことを発表するのに、これほどふさわしい瞬間はまたとありますまい！」

「ハリー君が、フローリシュ・アンド・ブロッツ書店に本日足を踏み入れたときには、この若者は私《わたくし》の自伝を買うことだけを欲していたのであります。――それをいま、喜んで彼にプレゼントいたします。無料《ただ》で――」人垣がまた拍手した。「――この彼が思いもつかなかったことではありますが――」

ロックハートの演説は続いた。ハリーの肩を揺すったのでメガネが鼻の下までずり落ちてしまった。

「まもなく彼は、私の本『私はマジックだ』ばかりでなく、もっともっとよいものをもらえるでしょう。彼もそのクラスメートも、実は、『私はマジックだ』の実物を手にすることになるのです。みなさん、ここに、大いなる喜びと誇りを持って発表いたします。この九月から、私はホグワーツ魔法魔術学校にて、『闇の魔術に対する防衛術』の担当教授職をお引き受けすることになりました！」

人垣がワーッと沸《わ》き、拍手し、ハリーはギルデロイ・ロックハートの著書全部をプレゼントされていた。重みでよろけながら、ハリーはなんとかスポットライトの当たる場所から抜け出し、部屋の隅に逃れた。そこにはジニーが、買ってもらったばかりの大鍋《おおなべ》を横に立っていた。

「これ、あげる」

ハリーはジニーに向かってそうつぶやくと、本の山をジニーの鍋の中に入れた。

「僕のは自分で買うから――」

「いい気持ちだったろうねぇ、ポッター？」

ハリーにはだれの声かすぐわかった。身を起こすと、いつもの薄ら笑いを浮かべているドラコ・マルフォイと真正面から顔が合った。

「有名人のハリー・ポッター。ちょっと書店に行ったことさえ、一面大見出し記事かい？」

「ほっといてよ。ハリーが望んだことじゃないわ！」

ジニーが言った。ハリーの前でジニーが口をきいたのははじめてだった。ジニーはマルフォイをはたと睨《にら》みつけていた。

「ポッター、ガールフレンドができたじゃないか！」

マルフォイがねちっこく言い、ジニーは真っ赤になった。そのときロンとハーマイオニーが、ロックハートの本をひと山ずつしっかり抱えながら人込みをかき分けて現れた。

見た。

ロンは、靴の底にべっとりとくっついた不快なものを見るような顔でマルフォイを見た。

「なんだ、君か」

「ハリーがここにいるので驚いたっていうわけか、え？」

「ウィーズリー、君がこの店にいるのを見てもっと驚いたよ」マルフォイが言い返した。「そんなにたくさん買い込んで、君の両親はこれから一か月は飲まず食わずだろうね」

ロンが、ジニーと同じぐらい真っ赤っかになった。ロンもジニーの鍋の中に本を入れ、マルフォイにかかっていこうとしたが、ハリーとハーマイオニーがロンの上着の背中をしっかりつかんでいた。

「ロン！」

ウィーズリーおじさんが、フレッドとジョージと一緒にこちらにこようとして人込みと格闘しながら呼びかけた。

「なにをしてるんだ？　ここはひどいもんだ。早く外に出よう」

「これは、これは、これは――アーサー・ウィーズリー」

マルフォイ氏だった。ドラコの肩に手を置き、ドラコとそっくり同じ薄ら笑いを浮かべて立っていた。

「ルシウス」ウィーズリー氏は首だけ傾けて素気ない挨拶をした。

「お役所はお忙しいらしいですな。あれだけ何回も抜き打ち調査を……残業代は当然払ってもらっているのでしょうな？」

マルフォイ氏はジニーの大鍋《おおなべ》に手を突っ込み、豪華なロックハートの本の中から使い古しのすり切れた本を一冊引っ張り出した。『変身術入門《へんしんじゅつにゅうもん》』だ。

「どうもそうではないらしい。なんと、役所が満足に給料も支払わないのでは、わざわざ魔法使いの面汚しになる甲斐《かい》がないですねぇ？」

ウィーズリー氏は、ロンやジニーよりももっと深々と真っ赤になった。

「マルフォイ、魔法使いの面汚しがどういう意味かについて、私たちは意見がちがうようだが」

「さようですな」

マルフォイ氏の薄灰色《うすはいいろ》の目が、心配そうになりゆきを見ているグレンジャー夫妻に移った。

「ウィーズリー、こんな連中とつき合っているとは……君の家族はもう落ちるところまで落ちたと思っていたんですがねぇ――」

ジニーの大鍋が宙を飛び、ドサッと金属の落ちる音がした。――ウィーズリー氏がマルフォイ氏に飛びかかり、その背中を本棚にたたきつけた。分厚い呪文の本が数十冊、みなの頭にドサドサと落ちてきた。

「やっつけろ、パパ！」フレッドかジョージかがさけんだ。

「アーサー、だめ、やめて！」ウィーズリー夫人が悲鳴を上げた。

人垣がさっと後ろに下がり、はずみでまたまた本棚にぶつかった。

「お客様、どうかおやめを――どうか！」店員がさけんだ。そこへ、ひときわ大きな声がした。

「やめんかい、おっさんたち、やめんかい――」

ハグリッドが、本の山をかき分けかき分けやってきた。あっという間にハグリッドはウィーズリー氏とマルフォイ氏を引き離した。ウィーズリー氏は唇を切り、マルフォイ氏の目には『毒きのこ百科』でぶたれた痕《あと》があった。マルフォイ氏の手にはまだ、ジニーの『変身術』の古本がにぎられている。目を妖《あや》しくギラギラ光らせて、それをジニーに突き出しながら、マルフォイ氏が捨て台詞を吐いた。

「ほら、チビ――君の本だ――君の父親にしてみればこれが精一杯だろう――」

ハグリッドの手を振りほどき、ドラコに目で合図をして、マルフォイ氏はさっと店から出ていった。

「アーサー、あいつのことは放っとかんかい」

ハグリッドは、ウィーズリー氏のローブを元通りに整えてやろうとして、ウィーズリー氏を吊し上げそうになりながら言った。

「骨の髄まで腐っとる。家族全員がそうだ。みんな知っちょる。マルフォイ家のやつらの言うこたぁ、聞く価値がねえ。そろって根性曲りだ。そうなんだ。さあ、みんな――さっさと出んかい」

店員は、一家が外に出るのを止めたそうだったが、自分がハグリッドの腰までさえ背が届かないのを見て考えなおしたらしい。外に出て、みなは急いで歩いた。グレンジャー夫妻は恐ろしさに震え、ウィーズリー夫人は怒りに震えていた。

「子供たちに、なんてよいお手本を見せてくれたものですこと……公衆の面前で取っ組み合いなんて……ギルデロイ・ロックハートがいったいどう思ったか……」

「あいつ、喜んでたぜ」フレッドが言った。「店を出るときあいつが言ってたこと、聞かなかったの？　あの『日刊予言者新聞《にっかんよげんしゃしんぶん》』のやつに、けんかのことを記事にしてくれないかって頼んでたよ。――なんでも、宣伝になるからって言ってたな」

一行はしょんぼりして「漏《も》れ鍋《なべ》」の暖炉に向かった。そこから煙突飛行粉で、ハリーと、ウィーズリー一家と、買物一式が「隠《かく》れ穴《あな》」に帰ることになった。グレンジャー一家は、そこから裏側のマグルの世界にもどるので、みなは別れを言い合った。ウィーズリー氏は、バス停とはどんなふうに使うものなのか質問しかかったが、奥さんの顔を見てすぐにやめた。

ハリーはメガネを外してポケットにしっかりしまい、それから煙突飛行粉を摘《つま》み取った。

やはり、この旅行のやり方は、ハリーは苦手だった。

第5章 暴れ柳

夏休みはあまりにも呆気《あっけ》なく終わった。ハリーはたしかにホグワーツにもどる日を楽しみにしてはいたが、「隠《かく》れ穴《あな》」での一か月ほど、幸せな時間はなかった。ダーズリー一家のことや、この次にプリベット通りにもどったらどんな〝歓迎〟を受けるかなどを考えると、ロンが妬《ねた》ましいくらいだった。

最後の夜、ウィーズリーおばさんは魔法で豪華な夕食を作ってくれた。ハリーの大好物はすべて揃っていたし、最後はよだれの出そうな糖蜜のかかったケーキが出た。フレッドとジョージは、その夜の締めくくりに「ドクター・フィリバスターの長々《ながなが》花火」を仕掛け、台所をいっぱいに埋めた赤や青の星が、少なくとも三十分は天井と壁の間をポーンポーンと跳ね回った。最後に熱いココアをマグカップでたっぷり飲んだあと、みなは眠りについた。

翌朝、出かけるまでにかなりの時間がかかった。鶏の声と同時に早起きしたというのに、なぜかやることがたくさんあった。ウィーズリーおばさんは、ソックスや羽根ペンがもっとたくさんあったはずだとあちこち探し回ってご機嫌斜めだったし、みなは、手に食べかけのトーストを持ったまま半分パジャマのまま、階段のあちこちで何度もぶつかり合っていた。ウィーズリーおじさんは、ジニーのトランクを車に乗せようと庭を横切る途中、鶏につまずいて危うく首の骨を折るところだった。

八人の乗客と大きなトランク六個、ふくろう二羽、ネズミ一匹を全部、どうやったら小型のフォード・アングリアに詰め込めるのか、ハリーには見当もつかなかった。もっとも、ウィーズリーおじさんが細工した特別の仕掛けをハリーは知らなかったからなのだけれど——。

「モリーには内緒だよ」

おじさんはハリーにそうささやきながら車のトランクを開き、全部のトランクが楽々と入るように魔法で広げたところを見せてくれた。

やっと全員が車に乗り込むと、ウィーズリーおばさんは後ろの席を振り返り、ハリー、ロン、フレッド、ジョージ、パーシーが全員並んで心地よさそうに収まっているのを見て、「マグルって、わたしたちが考えているよりずうっといろいろなことを知ってるのね。そう思わないこと？」と言った。

おばさんとジニーが座っている前の席は、公園のベンチのような形に引き伸ばされていた。

「だって、外から見ただけじゃ、中がこんなに広いなんてわからないもの。ねえ？」

ウィーズリーおじさんがエンジンをかけ、車はゴロンゴロンと庭から外へ出た。ハリーは振り返って、最後にもう一目だけ家を見るつもりだった。次はいつこられるのだろう、と思う間もなく車は引き返した。ジョージがフィリバスター花火の箱を忘れたのだ。五分後、今度はまだ庭から出ないうちに車は急停車した。フレッドが箒《ほうき》を取りに走っていった。やっと高速道路にたどり着くというときになって、ジニーが金切り声を上げた。日記を忘れたと言う。ジニーがもどってきて車に這《は》い登ったころには、遅れに遅れて、みなのいらいらも高まっていた。

ウィーズリーおじさんは、時計をちらりと見て、それからおばさんの顔をちらりと見た。

「モリー母さんや――」

「アーサー、だめ！」

「だれにも見えないから。この小さなボタンは私が取りつけた『透明ブースター』なんだが——空高く上がるまで、車は透明で見えなくなる。——そうしたら、雲の上を飛ぶ。十分もあれば到着だし、だぁれにもわかりゃしないから……」

「だめって言ったでしょ、アーサー。昼日中はだめ」

キングズ・クロス駅に着いたのは十一時十五分前だった。あわてて飛び出したウィーズリーおじさんが、道路の向こうに置いてあるカートを数台持ってきてトランクを載せ、みな大急ぎで駅の構内に入った。

ハリーは去年もホグワーツ特急に乗った。難しかったのは、マグルの目には見えない九と四分の三番線のホームにどうやって行くかだ。九番線と十番線の間にある、硬い柵を通り抜ければいいのだが、痛い痛くないという話ではなく、消えるところをマグルに気づかれないように慎重に通り抜けなければならない。

「パーシー、先に」

おばさんが心配そうに、頭上の大時計を見ながら言った。障壁を何気なく通り抜けて消えるのに、あと五分しかないことを針が示していた。

パーシーはきびきびと前進し、消えた。ウィーズリーおじさんが次で、フレッドとジョージがそれに続いた。

「わたしがジニーを連れていきますからね。二人ですぐにいらっしゃいよ」

ジニーの手を引っ張りながらおばさんはハリーとロンにそう言うと、瞬《まばた》きする間に二人とも消えた。

「一緒に行こう。一分しかない」ロンが言った。

ハリーはヘドウィグの籠《かご》がトランクの上にしっかりくくりつけられていることを確かめ、カートの方向を変えて柵に向けた。ハリーは自信たっぷりだった。煙突飛行粉を使うときの気持ちの悪さに比べればなんでもない。二人はカートの取っ手の下にかがみ込み、柵をめがけて歩いた。スピードが上がった。一メートル前からは駆け出した。そして――

ガッツーン。

二つのカートが柵にぶつかり、後ろに跳ね返った。ロンのトランクが大きな音を立てて転がり落ちる。ハリーはもんどり打って転がり、ヘドウィグの籠がピカピカの床の上で跳ねた。ヘドウィグは転がりながら怒ってキーキーと鳴く。まわりの人がじろじろ見た。近くにいた駅員は「君たち、いったいなにをやってるんだね?」と大声でどなる。

「カートが言うことを聞かなくて」

脇腹を押さえて立ち上がり、ハリーが喘《あえ》ぎながら答えた。ロンはあわててヘドウィグを拾い上げに走っていった。ヘドウィグがあまりに大騒ぎするので、まわりの人垣から動物虐待だと、ブツブツ文句を言う声が聞こえてきたのだ。

「なんで通れなかったんだろう?」ハリーがひそひそ声でロンに聞いた。

「さあ――」

ロンがあたりをきょろきょろ見回すと、物見高い見物客がまだ十数人いた。

「僕たち汽車に遅れる。どうして入口が閉じちゃったのかわからないよ」ロンがささやいた。

ハリーは頭上の大時計を見上げて鳩尾《みずおち》が痛くなった。十秒前……九秒前……。

ハリーは慎重にカートを前進させ、柵にくっつけ、全力で押してみた。鉄柵は相変わらずびくともしなかった。

三秒……二秒……一秒……。

「行っちゃったよ」ロンは呆然としていた。

「汽車が出ちゃった。パパもママもこっち側にもどってこれなかったらどうしよう? マグルのお金、少し持ってる?」

ハリーは力なく笑った。

「ダーズリーからは、かれこれ六年間、お小遣いなんかもらったことがないよ」

ロンは冷たい柵に耳を押し当てた。

「なーんにも聞こえない」ロンは緊張していた。「どうする？　パパとママがもどってくるまでどのぐらいかかるかわからないし」

見回すと、まだこちらを見ている人がいる。たぶん、ヘドウィグがキーキーとわめき続けているせいだろう。

「外へ出たほうがよさそうだ。車のそばで待とうよ。ここはどうも人目につきすぎるし――」とハリーが言った。

「ハリー！」ロンが目を輝かせた。「車だよ！」

「車がどうかした？」

「ホグワーツまで車で飛んでいけるよ」

「でも、それは――」

「僕たち、困ってる。そうだろ？　それに、学校に行かなくちゃならない。そうだろ？　それなら、半人前の魔法使いでも、本当に緊急事態だから、魔法を使ってもいいんだよ。なんとかの制限に関する第十九条とかなんとか……」

ハリーの心の中で、パニックが興奮に変わった。

「君、車を飛ばせるの？」

「まかせとけって」出口に向かってカートを押しながらロンが言った。

「さあ、出かけよう。急げばホグワーツ特急に追いつくかもしれない」

二人は物見高いマグルの中を突き抜け、駅の外に出て、脇道に停めてある中古のフォード・アングリアまでもどった。

ロンは、洞穴《ほらあな》のような車のトランクを杖《つえ》でいろいろたたいて鍵を開け、フウフウ言いながら荷物を中に押し入れ、ヘドウィグを後ろの席に乗せ、自分は運転席に乗り込んだ。

「だれも見てないか、確かめて」杖でエンジンをかけながらロンが言った。

ハリーはウィンドウから首を突き出した。前方の表通りは車がゴーゴーと走っていたが、こちらの路地にはだれもいなかった。

「オッケー」ハリーが合図した。

ロンは計器盤の小さな銀色のボタンを押した。乗っている車が消えた――自分たちも消えた。ハリーは体の下でシートが震動するのを感じ、エンジンの音を聞いた。手を膝《ひざ》の上に置いていることも、メガネが鼻の上に乗っかっていることも感じていたが、見える物と言えば車がびっしりと駐車しているゴミゴミした道路だけ。地上一メートルあたりに、自分の二つの目玉だけが浮《う》かんでいるかのようだった。

「行こうぜ」

右のほうからロンの声だけが聞こえた。

車は上昇した。地面や両側の汚れたビルが見る見る下に落ちていくようだった。数秒後、ロンドン全体が、煙り輝きながら眼下に広がった。

そのとき、ポンと音がして、車とともにハリーとロンがふたたび現れた。

「う、わっ」ロンが透明ブースターをたたいた。「いかれてる――」

二人してボタンを拳《こぶし》でドンドンとたたいた。車が消えた。と思う間もなく、またポワーッと現れた。

「つかまってろ！」

ロンはそうさけぶとアクセルを強く踏んだ。車はまっすぐに、低くかかった綿雲の中に突っ込み、あたり一面が霧に包まれた。

「さて、どうするんだい？」

ハリーは周囲から押し寄せてくる濃い雲の塊《かたまり》のせいで目を瞬《しばたた》かせながら聞いた。

「どっちの方向に進めばいいのか、汽車を見つけないとわからない」ロンが言った。「もう一度、ちょっとだけ下りよう――急いで――」

二人はふたたび雲の下に下りて、シートに座ったまま体をよじり、目を凝らして地上を見た。

「見つけた！」ハリーがさけんだ。「まっすぐ前方——あそこ！」

ホグワーツ特急が紅《くれない》のヘビのようにくねくねと二人の眼下を走っていた。

「進路は北だ」ロンが計器盤のコンパスで確認した。「よし。これからは三十分ごとくらいにチェックすればいいや。つかまって……」

車はまた雲の波を突き抜けて上昇した。一分後、二人は灼《や》けるような太陽の光の中に飛び出した。

別世界だった。車のタイヤはふわふわした雲海を掻《か》いて、まばゆい白熱の太陽の下に、どこまでも明るいブルーの空が広がっていた。

「あとは飛行機だけ、気にしてりゃいいな」とロンが言った。

二人は顔を見合わせて笑った。しばらくの間、笑いが止まらなかった。

まるですばらしい夢の中に飛び込んだようだった。旅をするならこの方法以外にありえない、とハリーは思った。

——白雪のような雲の渦や塔を抜け、車一杯の明るい暖かい陽《ひ》の光、計器盤の下の小物入れにはヌガーがいっぱい。それに、ホグワーツの城の広々とした芝生に、はなばなしくスイーッと着陸したときのフレッドやジョージのうらやましそうな顔が見えるようだ。

北へ北へと飛びながら、二人は定期的に汽車の位置をチェックした。雲の下に潜るたび、ちがった景色が見えた。ロンドンはあっという間に過ぎ去り、すっきりとした緑の畑の広がりが広大な紫がかった荒野に変わり、おもちゃのような小さな教会を囲んだ村々が見えたと思ったら、色とりどりの蟻のような車が忙しく走り回っている大きな都市となった。

何事もなく数時間が過ぎると、さすがにハリーも飽きてきた。ヌガーのおかげで喉《のど》がカラカラになってきたのに、飲み物がない。二人ともセーターは脱いでいたが、それでもハリーのTシャツはシートの背にべったり張りつき、メガネは汗で鼻からずり落ちてばかりいた。おもしろいと思っていた雲の形ももうどうでもよくなり、ずうっと下を走っている汽車の中をハリーは懐かしく思い出していた。丸まっちい魔女のおばさんが押してくるカートには、ひんやりと冷たい魔女かぼちゃジュースがあるのに……。いったいどうして、九と四分の三番線に行けなかったんだろう？

「まさか、もうそんなに遠くないよな？」

それから何時間も経ち、雲海を茜色《あかねいろ》に染める太陽がその雲のかなたに沈みはじめたころ、ロンがかすれ声で言った。

「そろそろまた汽車をチェックしようか?」

汽車は雪をかぶった山間をくねりながら、依然として真下を走っていた。雲の傘で覆われた下の世界は、上よりずっと暗くなっていた。

ロンはアクセルを踏み込み、また上昇しようとした。そのとき、エンジンがかん高い音を出しはじめた。不安げに二人は顔を見合わせた。

「きっと疲れただけだ。こんなに遠くまできたのははじめてだし……」ロンが自分を納得させるように言った。

空が次第に確実に暗くなり、車の異音がだんだん大きくなってきても、二人して気がつかないふりをした。漆黒の中に、星がポツリポツリときらめきはじめた。ワイパーが恨めしげにふらふらしはじめたのを無視しながら、ハリーはまたセーターを着込んだ。

「もう遠くはない」ロンは、ハリーにというより車に向かってそう言った。「もう、そう遠くはないからな」ロンは心配そうに計器盤を軽くたたいた。

しばらくしてもう一度雲の下に出ると、なにか見覚えのある目印はないかと、二人は暗闇の中で目を凝らした。

「あそこだ！」ハリーの大声でロンもヘドウィグも跳び上がった。「真正面だ！」

湖の向こう、暗い地平線に浮かぶ影は、崖の上にそびえ立つホグワーツ城の大小さまざまな尖塔《せんとう》だ。

そのとたん、車は震え、失速し出した。

「がんばれ」ロンがハンドルを揺すりながら、なだめるように言った。

「もうすぐだから、がんばれよ――」

エンジンがうめいた。ボンネットから蒸気がいく筋もシューシュー噴き出している。車が湖のほうに流される。

車がぐらぐらっといやな揺れ方をした。ハリーは思わず座席の端をしっかりにぎりしめた。ハリーが窓の外をちらっと見ると、一キロほど下に黒々と鏡のように滑らかな湖面が見えた。ロンは指の節が白くなるほどギュッとハンドルをにぎりしめていた。車がふたたびぐらっと揺れた。

「がんばれったら」ロンが歯を食いしばった。

湖の上にきた……城は目の前だ……ロンが足を踏ん張った。

ガタン、ブスブスッと大きな音をたてて、エンジンが完全に死んだ。

「う、わっ」しんとした中で、ロンの声だけが聞こえた。

車が鼻先から突っ込んでゆく。スピードを上げながら落ちてゆく。城の固い壁にまっすぐ向かってゆく。

「だめぇぇぇぇぇ！」

ハンドルを左右に揺すりながらロンがさけんだ。車が弓なりにカーブを描いて、ほんの数センチのところで黒い石壁から逸《そ》れ、黒い温室の上に舞い上がり、野菜畑を越えて黒々とした芝生の上へと、刻々と高度を失いつつ向かっていった。

ロンは完全にハンドルを放し、尻ポケットから杖《つえ》を取り出した。

「止まれ！　止まれ！」

計器盤やウィンドウをバンバンたたきながらロンはさけぶが、車は落下を続け、見る見る地面が近づいてくる……。

「あの木に気をつけて！」

ハリーはさけびながらハンドルに飛びつこうとしたが、遅かった。

グワッシャン！

金属と木がぶつかる、耳をつんざくような音とともに車は太い木の幹に衝突し、地面に落下して激しく揺れた。ひしゃげた車のボンネットの中から、蒸気がうねるように噴き出している。ヘドウィグは怖がってキーキー鳴き、ハリーは額《ひたい》をフロントガラスにぶつけてできたゴルフボール大のこぶがズキズキ疼《うず》いた。右手ではロンが絶望したような低いうめき声を上げた。

「大丈夫かい？」ハリーがあわてて聞いた。

「杖が」ロンの声が震えている。「僕の杖、見て」

ほとんど真っ二つに折れていた。杖の先端が、裂けた木片にすがって辛《かろ》うじてだらりとぶら下がっている。

学校に行けばきっと直してくれるよと言いかけたハリーは、そのまま口をつぐまなければならなかった。しゃべりかけたとたん、助手席側の車の脇腹に闘牛が突っ込んできたような衝撃が襲ったのだ。ハリーはロンのほうに横ざまに突き飛ばされ、同時に、屋根にも同じぐらい強烈なヘビーブローがかかった。

「何事だ？——」

ウィンドウから外を覗《のぞ》いたロンが息を呑《の》んだ。ハリーが振り返ると、ちょうど大ニシキヘビのような太い枝が、窓をめがけて一撃《いちげき》を食らわせるところだった。なんと、突っ込んだ先の木が二人を襲っている。幹を「く」の字に曲げ、節くれだった大枝でところかまわず車になぐりかかってくる。

「うわあぁ！」

ねじれた枝の攻撃にドアが凹み、ロンがさけんだ。続けて小枝の拳《こぶし》が雨あられとパンチを繰り出しウィンドウがビリビリ震える。さらには巨大ハンマーのような太い大枝が、狂暴に屋根を打ち、凹ませている——。

「逃げろ！」

ロンがさけびながら体ごとドアにぶつかっていったが、次の瞬間、枝の猛烈なアッパーカットを食らい、吹っ飛ばされてハリーの膝《ひざ》に逆もどりしてきた。

「もうだめだ！」

屋根が落ち込んできて、ロンがうめいた。すると、いきなり車のフロアが揺れはじめた。——エンジンが生き返った。

「バックだ！」ハリーがさけぶ。

車はシュッとバックした。しかし、木は攻撃をやめない。車が急いで木のそばから離れようとすると、根元を軋《きし》ませながら根こそぎ地面を離れそうに伸び上がって追い討ちをかけてくる。

「まったく」ロンが喘《あえ》ぎながら言った。「やばかったぜ。車よ、よくやった」

しかし、車のほうはもうこれ以上たくさんだとばかりに、ガチャ、ガチャと二回短い音を立てるとドアをパカッと開き、ハリーは座席が横に傾くのを感じたと思う間もなく、気づいたときには湿った地面の上にぶざまに伸びていた。ドサッという大きな音は、車のトランクから荷物が吐《は》き出された音らしい。ヘドウィグの籠《かご》が宙に舞い、戸がバッと開いた。ヘドウィグは籠から飛び出し、ギーギーと怒ったように大声で鳴きながら、城をめざして振り返りもせずに飛んでいってしまった。凸凹《でこぼこ》車は、傷だらけで湯気をシューシュー噴きながら、暗闇の中へゴロゴロと走り去っていった。テールランプが怒ったようにギラついていた。

「もどってこい！」

折れた杖《つえ》を振り回し、ロンが車の後ろ姿にさけんだ。

「パパに殺されちゃうよ！」

しかし、車は最後にプッと排気ガスを一噴きして、見えなくなってしまった。

「僕たちって信じられないぐらいついてないぜ」かがんで、ネズミのスキャバーズを拾い上げながら、ロンが情けなさそうに言った。「よりによって、大当たりだよ。当たり返しをする木に当たるなんてさ」

ロンはちらっと振り返って巨木を見た。まだ枝を振り回して威嚇《いかく》していた。

「行こう。学校にたどり着かなくちゃ」ハリーが疲れ果てた声で言った。

想像していたような凱旋《がいせん》とは大ちがいだった。痛いやら寒いやら、傷だらけの二人はトランクの端をつかんで引きずりながら、城の正面のがっしりした樫《かし》の扉をめざして草の茂った斜面を登りはじめた。

「もう新学期の歓迎会は始まってると思うな」

扉の前の階段下でトランクをドサッと下ろし、ロンはそう言いながらこっそり横のほうに移動して明るく輝く窓を覗《のぞ》き込んだ。

「あっ、ハリー、きて。見てごらんよ——組分け帽子だ！」

ハリーが駆け寄り、二人で大広間を覗き込んだ。

四つの長テーブルのまわりにびっしりとみなが座り、その上に数え切れないほどの蠟燭《ろうそく》が宙に浮かんで金の皿やゴブレットをキラキラ輝かせていた。天井はいつものように魔法で本物の空を映し、星が瞬《またた》いていた。

ホグワーツ生の黒い尖《と》んがり帽子が立ち並ぶその隙間から、おずおずと行列して大広間に入ってくる一年生の長い列が見えた。ジニーはすぐに見つかった。ウィーズリー家の燃えるような赤毛が目立つからだ。新入生の前で、かの有名な組分け帽子を丸い椅子の上に置いているのは、魔女のマクゴナガル先生だ。メガネをかけ、髪を後ろできつく束ね、シニョンにしている。

つぎはぎだらけですり切れ、薄汚れた年代物のこの古帽子が、毎年新入生をホグワーツの四つの寮に組分けする（グリフィンドール、ハッフルパフ、レイブンクロー、スリザリン）。ちょうど一年前、帽子をかぶったときのことをハリーはありありと覚えている。耳のそばで帽子の低い声がつぶやいている間、ハリーは石のように強《こわ》ばって帽子の判決を待っていた。スリザリンに入れられるのではないかと、一瞬恐ろしい思いがしたのだった。スリザリンの卒業生からは、他のどの寮より多くの闇の魔法使い、魔女が出ている。――結局、ハリーはグリフィンドールに入った。ロン、ハーマイオニー、ウィーズリー兄弟もみな同じ寮だ。この一年生では、ハリーとロンの活躍でグリフィンドールはスリザリンを七年ぶりに破り、寮対抗杯《りょうたいこうはい》を勝ち取った。

薄茶色の髪をした、小さな男の子の名前が呼び上げられ、前に進み出て帽子をかぶった。ハリーはその子からダンブルドア校長へと目を移した。校長先生は教職員のテーブルに座り、長い白ひげと半月メガネを蠟燭《ろうそく》の灯りでキラキラさせながら、組分けを眺めていた。そこから数人先の席に、ギルデロイ・ロックハートが淡い水色のローブを着て座っているのが見えた。一番端でひげモジャの大男、ハグリッドがゴブレットでぐびぐび飲んでいた。

「ちょっと待って……教職員テーブルの席が一つ空いてる……スネイプは？」

ハリーがロンにささやいた。

セブルス・スネイプ教授はハリーの一番苦手な先生だ。逆にハリーはスネイプのもっとも嫌っている生徒だった。冷血で、毒舌で、自分の寮（スリザリン）の寮生は別として、それ以外のみなに嫌われているスネイプは、「魔法薬学」を教えていた。

「もしかして病気じゃないのか！」ロンがうれしそうに言った。

「もしかしたらやめたかもしれない。だって、またしても『闇の魔術に対する防衛術』の教授の座を逃したから！」ハリーが言った。

「もしかしたらクビになったかも！」ロンの声に熱がこもった。「つまりだ、みんなあの人をいやがってるし――」

「もしかしたら」

二人のすぐ背後でひどく冷たい声がした。

「その者は、君たち二人が学校の汽車に乗っていなかった理由をお伺《うかが》いしようかと、お待ち申し上げているかもしれないですな」

ハリーがくるっと振り向くと――出た！　冷たい風に黒いローブをはためかせて、セブルス・スネイプその人が立っていた。脂《あぶら》っこい黒い髪を肩まで伸ばし、やせた体、土気色の顔に鉤鼻《かぎばな》のその人は、口元に笑みを浮かべていた。そのほくそ笑みを見ただけで、ハリーとロンには、どんなひどい目にあうかがよくわかった。

「ついてきなさい」スネイプが言った。

二人は顔を見合わせる勇気もなく、スネイプに従って階段を上がり、松明《たいまつ》に照らされたがらんとした玄関ホールに入った。大広間からおいしそうな匂いが漂ってきた。しかしスネイプは二人を、暖かな明るい場所から遠ざかるほうへ、地下牢《ちかろう》に下りる狭い石段へと誘《いざな》った。

「入りたまえ！」

冷たい階段の中ほどで、スネイプはドアを開け、その中を指さした。

二人は震えながらスネイプの研究室に入った。薄暗がりの壁の棚の上には、大きなガラス容器が並べられ、いまのハリーには名前も知りたくないような、気味の悪いものがいろいろ浮いていた。真っ暗な暖炉には火の気もない。スネイプはドアを閉め、二人に向きなおった。

「なるほど」

スネイプは猫なで声を出した。

「有名なハリー・ポッターと、その忠実なご学友のウィーズリーは、あの汽車ではご不満だったと。もっとどーんと派手にご到着になりたい。お二人さん、それがお望みだったわけか？」

「ちがいます、先生。キングズ・クロス駅の柵のせいで、あれが――」

「黙れ！」スネイプは冷たく言った。

「あの車は、どう片づけた？」

ロンが絶句した。スネイプは人の心を読めるのでは、とハリーはこれまでにも何度かそう思ったことがあった。しかし、わけはすぐわかった。スネイプが今日の「夕刊《ゆうかん》予言者新聞《よげんしゃしんぶん》」をくるくると広げた。

「おまえたちは見られていた」

スネイプは新聞の見出しを示して、押し殺した声で言った。

「空飛ぶフォード・アングリア、訝《いぶか》るマグル」スネイプが読み上げた。「ロンドンで、二人のマグルが、郵便局のタワーの上を中古のアングリアが飛んでいるのを見たと断言した……今日昼ごろ、ノーフォークのヘティ・ベイリス夫人は、洗濯物を干しているとき……ピーブルズのアンガス・フリート氏は警察に通報した……全部で六、七人のマグルが……。たしか、君の父親はマグル製品不正使用取締局にお勤めだったな？」

スネイプは顔を上げてロンに向かって一段と意地悪くほくそ笑んだ。

「なんと、なんと……捕らえてみればわが子なり……」

ハリーは、あの狂暴な木の大きめの枝で、胃袋を打ちのめされたような気がした。

ウィーズリーおじさんがあの車に魔法をかけたことがだれかに知られたら……考えてもみなかった……。

「我輩《わがはい》が庭を調査したところによれば、非常に貴重な『暴《あば》れ柳《やなぎ》』が、相当な被害を受けたようである」スネイプはねちねち続けた。

「あの木より、僕たちのほうがもっと被害を受けました」ロンが思わず言った。

「黙らんか！」スネイプがばしっと言った。

「まことに残念至極だが、おまえたちは我輩《わがはい》の寮ではないからして、二人の退校処分は我輩の決定するところではない。これからその幸運な決定権を持つ人物たちを連れてくる。二人とも、ここで待て」

ハリーとロンは互いに蒼白《そうはく》な顔を見合わせた。ハリーはもはや空腹も感じない。ただ、ひどく吐き気がした。スネイプの机の後ろにある棚に置かれた緑の液体にぷかぷか浮いている、なんだか大きくてぬめぬめした得体の知れないものを、ハリーはなるべく見ないようにした。スネイプが、グリフィンドール寮監《りょうかん》のマクゴナガル先生を呼びにいったとしたら、それで二人の状況がよくなるわけでもない。マクゴナガル先生はスネイプより公正かもしれないが、非常に厳格なことに変わりはない。

十分後、スネイプがもどってきた。やはり、一緒にきたのはマクゴナガル先生だった。ハリーはこれまで何度か、マクゴナガル先生が怒ったところを見たことはある。しかし今度ばかりは、先生の唇がこんなに真一文字にギュッと横に伸びることをハリーが忘れていたのか、それともこんなに怒っているのは見たことがないかのどっちかだ。部屋に入ってくるなり、先生は杖《つえ》を振り上げた。二人は思わず身を縮めた。先生は火の気のない暖炉に杖を向けただけだった。急に炎が燃え上がった。

「お掛けなさい」その一声で、二人は後ずさりして暖炉のそばの椅子に座った。

「ご説明なさい」先生のメガネがギラリと不吉に光っている。

ロンが二人を撥《は》ねつけた駅の柵の話から話しはじめた。

「……ですから、僕たち、ほかに方法がありませんでした。先生、僕たち、汽車に乗れなかったんです」

「なぜ、ふくろう便を送らなかったのですか？　あなたはふくろうをお持ちでしょう？」マクゴナガル先生はハリーに向かって冷たく言った。

ハリーは呆然と口を開けて先生の顔を見つめた。そう言われれば、たしかにそのとおりだ。

「ぼ——僕、思いつきもしなくて——」

「考えることもしなかったのでしょうとも」マクゴナガル先生が言った。

ドアをノックして、ますます悦《えつ》に入ったスネイプの顔が現れた。そこにはダンブルドア校長が立っていた。

ハリーは体中の力が抜けるような気がした。ダンブルドアはいつもとちがって深刻な表情だ。校長先生に鉤鼻《かぎばな》越しにじっと見下ろされると、ハリーは急に、これならロンと一緒に「暴《あば》れ柳《やなぎ》」に打ちのめされているほうがまだまし、という気になった。

長い沈黙が流れた。ダンブルドアが、口を開いた。

「どうしてこんなことをしたのか、説明してくれるかの?」

むしろどなってくれたほうが気が楽だった。ハリーは校長先生の失望したような声を聞くと、たまらなかった。なぜかハリーはダンブルドアの顔をまっすぐに見ることができず、ダンブルドアの膝《ひざ》を見つめながら話した。ハリーはすべてをダンブルドアに話したが、あの魔法がかかった車の持ち主がウィーズリー氏だということだけは伏せて、たまたま駅の外に駐車してあった空飛ぶ車をハリーとロンが見つけたような言い方をした。ダンブルドアは、こんな言い方をしてもお見通しだとハリーにはわかっていたが、車については一言も追及がなかった。ハリーが話し終わっても、ダンブルドアはメガネの奥から二人をじっと覗《のぞ》き続けるだけだった。

「僕たち、荷物をまとめます」ロンが観念したような声で言った。

「ウィーズリー、どういうつもりですか?」マクゴナガル先生の厳しい声。

「でも、僕たちを退校処分になさるんでしょう?」とロンが言った。

ハリーは急いでダンブルドアの顔を見た。

「ミスター・ウィーズリー、今日というわけではない。しかし、きみたちのしたことの重大さについては、はっきりと二人に言っておかねばのう。今晩二人のご家族に、わしから手紙を書こう。それに、二人には警告しておかねばならんが、今後またこのようなことがあれば、わしとしても二人を退学にせざるをえんのでな」

スネイプは、クリスマスがおあずけになったような顔をした。咳《せき》ばらいをしてスネイプが言った。

「ダンブルドア校長、この者たちは『未成年魔法使いの制限事項令』を愚弄《ぐろう》し、貴重な古木に甚大《じんだい》なる被害を与えております……このような行為はまさしく……」

「セブルス、この少年たちの処罰を決めるのはマクゴナガル先生じゃろう」

ダンブルドアは静かに言った。

「二人はマクゴナガル先生の寮《りょう》の生徒じゃからの、彼女の責任じゃ」

ダンブルドアはマクゴナガル先生に向かって話しかけた。

「ミネルバ、わしは歓迎会のほうにもどらんと。二言、三言、話さねばならんのでな。さあ行こうかの、セブルス。うまそうなカスタード・タルトがあるんじゃ。わしゃ、あれを一口食べてみたい」

しぶしぶ自分の部屋から連れ去られるように出ていきながらスネイプは、ハリーとロンを毒々しい目つきで見た。あとに残された二人をマクゴナガル先生が、相変わらず怒れる鷲《わし》のような目で見据えていた。

「ウィーズリー、あなたは医務室に行ったほうがよいでしょう。血が出ています」

「たいしたことありません」

ロンがあわてて袖《そで》でまぶたの切り傷を拭《ぬぐ》った。

「先生、僕の妹が組分けされるところを見たいと思っていたのですが――」

「組分けの儀式《ぎしき》は終わりました。あなたの妹もグリフィンドールです」

「あぁ、よかった」

「グリフィンドールといえば――」マクゴナガル先生の声が厳しくなった。が、ハリーがそれを遮《さえぎ》った。

「先生、僕たちが車に乗ったときは、まだ新学期は始まっていませんでした。ですから――あの、グリフィンドールは、減点されないはずですよね。ちがいますか？」

言い終えて、ハリーは心配そうに、先生の顔色を窺《うかが》った。

マクゴナガル先生は射るような目を向けたが、ハリーは、先生がたしかにほほえみを漏《も》らしそうになったと思った。少なくとも、先生の唇の真一文字が少し緩んだ。

「グリフィンドールの減点はいたしません」

先生の言葉でハリーの気持ちがずっと楽になった。

「ただし、二人とも罰則を受けることになります」

ハリーにとって、これは思ったよりましな結果だった。ダンブルドアがダーズリー宛に手紙を書くことなど、ハリーにはなんの問題にもならない。あの人たちにしてみれば、「暴れ柳《あばれやなぎ》」がハリーをペシャンコにしてくれなかったことのほうが残念だろう。

マクゴナガル先生はふたたび杖《つえ》を振り上げ、スネイプの机に向けて振り下ろした。大きなサンドイッチの皿、ゴブレットが二つ、冷たい魔女かぼちゃジュースのボトルが、ポンと音を立てて現れた。

「ここでお食べなさい。終わったらまっすぐに寮にお帰りなさい。私《わたくし》も歓迎会にもどらなければなりません」

先生がドアを閉めて行ってしまうと、ロンはヒューッと低く長い口笛を吹いた。

「もうだめかと思ったよ」サンドイッチをガバッとつかみながら、ロンが言った。

「僕もだよ」ハリーもひとつつかんだ。

「だけど、僕たちって信じられないぐらいついてないぜ」

ロンがチキンとハムをいっぱい詰め込んだ口をもごもごさせて言った。

「フレッドとジョージなんか、あの車を五回も六回も飛ばしてるのに、あの二人は一度だってマグルに見られてないんだ」

ロンはゴクンと飲み込むと、また大口を開けてかぶりついた。

「だけど、どうして柵を通り抜けられなかったんだろ？」

ハリーは肩をちょっとすくめて、わからないという仕草をした。

「だけど、これからは僕たち慎重に行動しなくちゃ」

ハリーは冷たい魔女かぼちゃジュースを、喉《のど》を鳴らして飲みながら言った。

「歓迎会に行きたかったなぁ……」

「マクゴナガル先生は僕たちが目立ってはいけないと考えたんだ。車を飛ばせて到着したのが格好いいなんて、みんながそう思ったらいけないって」ロンが神妙《しんみょう》に言った。

サンドイッチを食べたいだけ食べると（大皿は空になるとまたひとりでにサンドイッチが現れた）、二人はスネイプの研究室を出て通い慣れた通路をグリフィンドール塔に向かってとぼとぼと歩いた。城は静まり返っている。歓迎会は終わったらしい。

ボソボソささやく肖像やギーギーと軋《きし》む鎧《よろい》をいくつか通り過ぎ、狭い石段を上って、やっと寮への秘密の入口が隠されている廊下にたどり着いた。ピンクの絹のドレスを着た、とても太った婦人《レディ》の油絵が掛かっている。

二人が近づくと「婦人《レディ》」が「合言葉は？」と聞いた。

「えーと——」とハリー。

二人ともまだグリフィンドールの監督生《かんとくせい》に会っていないので、新学期の新しい合言葉を知らなかった。しかし、すぐに助け舟がやってきた。後ろのほうから急ぎ足でだれかがやってくる。振り返るとハーマイオニーがダッシュしてくる。

「やっと見つけた！　いったいどこに行ってたの？　ばかばかしい噂《うわさ》が流れて——だれかが言ってたけど、あなたたちが空飛ぶ車で墜落して退校処分になったって」

「うん、退校処分にはならなかった」ハリーはハーマイオニーを安心させた。

「まさか、ほんとに空を飛んでここにきたの？」

ハーマイオニーは、まるでマクゴナガル先生のような厳しい声で言った。

「お説教はやめろよ」ロンがいらいら声で言った。「新しい合言葉、教えてくれよ」

「『ミミダレミツスイ』よ。でも、話を逸《そ》らさないで——」ハーマイオニーもいらだちながら言った。

しかし、彼女の言葉もそこまでだった。「太った婦人《レディ》」の肖像画がパッと開くと、突然ワッと拍手の嵐だった。グリフィンドールの寮生はまだ全員起きている様子だった。丸い談話室一杯にあふれ、傾いたテーブルの上やふかふかの肱掛《ひじかけ》椅子の上に立ち上がったりして、二人の到着を待っていた。肖像画の穴のほうに何本も腕が伸びてきて、ハリーとロンは部屋の中に引っ張り込まれた。取り残されたハーマイオニーはひとりで穴をよじ登ってあとに続いた。

「やるなぁ！　感動的だぜ！　なんてご登場だ！　車を飛ばして『暴《あば》れ柳《やなぎ》』に突っ込むなんて、何年も語り草になるぜ！」リー・ジョーダンがさけんだ。

「よくやった」

ハリーが一度も話したことがない五年生が話しかけてきた。たったいまハリーが、マラソンの優勝テープを切ったかのように、だれもが背中をポンポンたたいた。フレッドとジョージが人波をかき分けて前のほうにやってきて、口を揃えて言った。

「おい、なんで、おれたちを呼びもどしてくれなかったんだよ？」

ロンはきまり悪そうに笑いながら顔を紅潮させていたが、ハリーは一人だけ不機嫌な顔をした生徒に気づいた。はしゃいでいる一年生たちの頭の向こうに、パーシーがはっきり見えた。ハリーたちに十分近づいてから、叱りつけようとこちらへ向かってくる。ハリーはロンの脇腹を小突《こづ》いて、パーシーのほうを顎《あご》でしゃくった。ロンはすぐに察した。

「ベッドに行かなくちゃ。――ちょっと疲れた」

ロンはそう言うと、ハリーと二人で部屋の向こう側のドアに向かった。そこから螺《ら》旋《せん》階段が寝室へと続いている。

「おやすみ」

ハリーは、パーシーと同じようにしかめ面をしているハーマイオニーに呼びかけた。

背中をパシパシたたかれながら、二人はなんとか部屋の反対側にたどり着き、螺旋階段でやっと静けさを取りもどした。急いで上まで駆け上り、とうとう懐かしい部屋の前に着いた。ドアには今度は「二年生」と書いてある。中に入ると、丸い部屋、赤いベルベットのカーテンが掛かった四本柱のあるベッドが五つ、細長い高窓、見なれた光景だった。二人のトランクはもう運び込まれていて、ベッドの端のほうに置いてあった。

ロンはハリーを見て、バツが悪そうにニヤッと笑った。

「僕、ほんとはあそこで喜んだりなんかしちゃいけないんだってわかってたんだよ。でも――」

ドアがパッと開いて同室のグリフィンドール二年生がなだれ込んできた。シェーマス・フィネガン、ディーン・トーマス、ネビル・ロングボトムだ。

「ほんとかよ!」シェーマスがにっこりした。

「かっこいい」とディーンが言った。

「すごいなあ」ネビルは感動で打ちのめされていた。

ハリーもがまんができなくなった。そしてニヤッと笑った。

第6章　ギルデロイ・ロックハート

　翌日、ハリーは、一度もにこりともできなかった。大広間での朝食から始まって、状況は悪くなる一方だった。四つのテーブルには牛乳入りオートミールの深皿に、ニシンの燻製《くんせい》、山のようなトースト、ベーコンエッグの皿が並べられていた。天井は空と同じに見えるように魔法がかけられている——今日はどんよりとした灰色の曇り空だ——。ハリーとロンは、グリフィンドールのテーブルのハーマイオニーの隣に腰掛けた。ハーマイオニーはミルクの入った水差しに『バンパイアとバッチリ船旅』を立てかけて読んでいた。「おはよう」というハーマイオニーの言い方がちょっとつっけんどんだ。ハリーたちが到着した方法がまだ許せないらしい。ネビルの挨拶はそれとは反対にうれしそうだった。ネビル・ロングボトムは丸顔で、ドジばかり踏んで、ハリーの知るかぎり一番の忘れん坊だ。

「もう、ふくろう郵便の届く時間だ――ばあちゃんが、僕の忘れた物をいくつか送ってくれると思うよ」

ハリーがオートミールを食べはじめたとたん、噂《うわさ》をすればで、頭上にあわただしい音がしたかと思うと百羽を超えるふくろうが押し寄せて大広間を旋回し、ペチャクチャ騒がしい生徒たちの上から手紙やら小包やらを落とした。大きな凸凹した小包がネビルの頭に落ちて撥《は》ね返った。次の瞬間、なにやら大きな灰色の塊《かたまり》がハーマイオニーのそばの水差しの中に落ち、まわりにミルクと羽のしぶきをまき散らした。

「エロール！」

ロンが足をつかんで、ぐっしょりになったふくろうを引っ張り出した。エロールは気絶してテーブルの上にボトッと落ちた。足を上向きに突き出し、嘴《くちばし》には濡れた赤い封筒をくわえている。

「大変だ――」ロンが息を呑《の》んだ。

「大丈夫よ。まだ生きてるわ」

ハーマイオニーが、エロールを指先でちょんちょんと軽く突つきながら言った。

「そうじゃなくて――あっち」

ロンは赤い封筒のほうを指さしている。ハリーが見ても別に普通の封筒と変わりはない。しかし、ロンもネビルも、いまにも封筒が爆発しそうな目つきで見ている。

「どうしたの?」ハリーが聞いた。

「ママが――ママったら『吠えメール』を僕によこした」ロンがか細い声で言った。

「ロン、開けたほうがいいよ」ネビルが怖々《こわごわ》ささやいた。「開けないと、もっとひどいことになるよ。僕のばあちゃんも一度僕によこしたことがあるんだけど、放っておいたら……」ネビルはゴクリと生唾を飲んだ。「ひどかったんだ」

ハリーは石のように強ばっているロンたちの顔から、赤い封筒へと目を移した。

「『吠えメール』って、なに?」ハリーが聞いた。

しかし、ロンは赤い封筒に全神経を集中させていた。封筒の四隅が煙を上げはじめていた。

「開けて」ネビルが急かした。「ほんの数分で終わるから……」

ロンは震える手を伸ばしてエロールの嘴《くちばし》から封筒をそうっと外し、開封した。ネビルは耳に指を突っ込んだ。次の瞬間、ハリーはその行動の理由を理解した。一瞬、封筒が爆発したかと思った。大広間一杯に吠える声で、天井から埃《ほこり》がバラバラ落ちてきた。

「……車を盗み出すなんて、退校処分になってもあたりまえです。首を洗って待ってらっしゃい。承知しませんからね。車がなくなっているのを見て、わたしとお父さまがどんな思いだったか、おまえはちょっとでも考えたんですか……」

本物の百倍に拡大されたウィーズリー夫人のどなり声に、テーブルの上の皿もスプーンもガチャガチャと揺れ、その上、石の壁に反響して鼓膜が裂けそうにワンワンうなった。大広間にいた全員があたりを見回し、いったいだれが「吠えメール」をもらったのだろうと探していた。ロンは椅子に縮こまって小さくなり、真っ赤な額《ひたい》だけがテーブルの上に出ていた。

「……昨夜ダンブルドアからの手紙がきて、お父さまは恥ずかしさのあまり死んでしまうのでは、と心配しました。こんなことをする子に育てた覚えはありません。おまえもハリーも、まかりまちがえば死ぬところだった……」

ハリーは、いつ自分の名前が飛び出すかと覚悟していたが、鼓膜がビリビリするほどの大声を、必死で聞こえないふりをしながら聞いていた。

「……まったく愛想が尽きました。お父さまは役所で尋問を受けたのですよ。みんなおまえのせいです。今度ちょっとでも規則を破ってごらん。わたしたちがおまえをすぐ家に連れもどします」

耳がジーンとなって静かになった。ロンの手から落ちた赤い封筒は、炎となって燃え上がり、チリチリと灰になった。ハリーとロンはまるで津波の直撃を受けたあとのように呆然と椅子にへばりついていた。何人かが笑い声を上げ、次第に話し声がもどってきた。ハーマイオニーは『バンパイヤとバッチリ船旅』の本を閉じ、ロンの頭のてっぺんを見下ろして言った。

「ま、あなたがなにを予想していたかは知りませんけど、ロン、あなたは……」

「当然の報いを受けたって言いたいんだろ」ロンが噛《か》みついた。

ハリーは食べかけのオートミールを向こうに押しやった。申し訳なさで胸がつかえる思いだった。ウィーズリーおじさんが役所で尋問を受けた……。ウィーズリーおじさんとおばさんには夏中あんなにお世話になったのに……。

考え込んでいる間はなかった。マクゴナガル先生がグリフィンドールのテーブルを回って時間割を配りはじめたのだ。ハリーの分を見ると、最初にハッフルパフと一緒に「薬草学」の授業を受けることになっている。

ハリー、ロン、ハーマイオニーは一緒に城を出て、野菜畑を横切り、魔法の植物が植えてある温室へと向かった。「吠えメール」は一つだけよいことをしてくれた。ハーマイオニーが、これで二人は十分に罰を受けたと思ったらしく、以前のように親しくしてくれるようになったのだ。

温室の近くまでくると、他のクラスメートが外に立って、スプラウト先生を待っているのが見えた。三人がみなと一緒になった直後、先生が芝生を横切って大股で歩いてくるのが見えた。ギルデロイ・ロックハートと一緒だ。スプラウト先生は腕一杯に包帯を抱えていた。遠くのほうに「暴《あば》れ柳《やなぎ》」が見え、枝のあちこちに吊り包帯がしてあるのに気がついて、ハリーはまた申し訳なさに心が痛んだ。

スプラウト先生はずんぐりした小さな魔女で、髪の毛がふわふわ風になびき、その上につぎはぎだらけの帽子をかぶっていた。ほとんどいつも服は泥だらけ、爪などあのペチュニアおばさんが見たら気絶するだろう。ギルデロイ・ロックハートはといえば、トルコ石色のローブをなびかせ、金色に輝くブロンドの髪に金色の縁取《ふちど》りのあるトルコ石色の帽子を完璧にかぶり、どこから見ても文句のつけようがない。

「やぁ、みなさん！」

ロックハートは集まっている生徒を見回して、こぼれるように笑いかけた。

「スプラウト先生に、『暴れ柳』の正しい治療法をお見せしていましてね。でも、私《わたくし》のほうが先生より薬草学の知識があるなんて、誤解されては困りますよ。たまたま私《わたくし》、旅の途中に『暴れ柳』というエキゾチックな植物に出会ったことがあるだけですから……」

「みんな、今日は三号温室へ！」

スプラウト先生は普段の快活さはどこへやら、不機嫌さがありありだった。

興味津々のささやきが流れた。これまで一号温室でしか授業がなかった。——三号温室にはもっと不思議で危険な植物が植わっている。スプラウト先生は大きな鍵をベルトから外し、ドアを開けた。天井からぶら下がった、傘ほどの大きさがある巨大な花の強烈な香りに混じって、湿った土と肥料の臭いが、プンとハリーの鼻をついた。ロンやハーマイオニーと一緒に中に入ろうとしたハリーに、ロックハートの手がすっと伸びてきた。

「ハリー！　君と話したかったんだ。——スプラウト先生、彼が二、三分遅れてもお気になさいませんね？」

スプラウト先生のしかめ面を見れば、「お気になさる」ようだったが、ロックハートはかまわず、「お許しいただけましてと言うなり、彼女の鼻先でピシャッとドアを閉めた。

「ハリー」ロックハートが首を左右に振るたびに、白い歯が太陽を受けて輝いた。

「ハリー、ハリー、ハリー」

なにがなんだかさっぱりわからなくて、ハリーはなにも言えなかった。

「私、あの話を聞いたとき――もっとも、みんな私が悪いのですがね、自分を責めましたよ」

ハリーはいったいなんのことかわからなかった。そう言おうと思っていると、ロックハートが言葉を続けた。

「こんなにショックを受けたことは、これまでになかったと思うぐらい。ホグワーツまで車で飛んでくるなんて！　まぁ、もちろん、なぜ君がそんなことをしたのかはすぐにわかりましたが。目立ちましたからね。ハリー、ハリー、ハリー」

話していないときでさえ、すばらしい歯並びを一本残らず見せつけることが、どうやったらできるのか驚きだった。

「有名になるという蜜の味を、私が教えてしまった。そうでしょう？　『有名虫《ゆうめいむし》』を移してしまった。新聞の一面に私と一緒に載ってしまって、君はまたそうなりたいという思いをこらえられなかった」

「あの――先生、ちがいます。つまり――」

「ハリー、ハリー、ハリー」

ロックハートは手を伸ばしてハリーの肩をつかみながら言った。

「わかりますとも。最初のほんの一口で、もっと食べたくなる――君が、そんな味をしめるようになったのは、私のせいだ。どうしても人を酔わせてしまうものでしてね。――しかしです、青年よ、目立ちたいからといって、車を飛ばすのはいけません。落ち着きなさい。ね？　もっと大きくなったら、そういうことをする時間はたっぷりありますよ。

ええ、ええ、君がなにを考えているか、私にはわかります！　『この人はもう国際的に有名な魔法使いだから、落ち着けなんて言ってられるんだ！』ってね。しかしです、私が十二歳のときには君と同じぐらい無名でした。むしろ、君よりもずっと無名だったかもしれない。つまり、君の場合は少しは知っている人がいるでしょう？『名前を呼んではいけないあの人』とかなんとかで！」

ロックハートはちらっとハリーの額《ひたい》の稲妻形の傷を見た。

「わかってます。わかっていますとも。『週刊魔女』の『チャーミング・スマイル賞』に五回も続けて私が選ばれたのに比べれば、君のはたいしたことではないでしょう。――それでもはじめはそれぐらいでいい。ハリー、はじめはね」

ロックハートはハリーに思いっ切りウィンクすると、すたすたと行ってしまった。

ハリーは一瞬呆然と佇んでいたが、ふと温室に入らなければならないことを思い出してドアを開け、中に滑り込んだ。スプラウト先生は温室の真ん中に架台《かだい》を二つ並べ、その上に板を置いてベンチを作り、その後ろに立っていた。ベンチの上には色ちがいの耳当てが二十個ほど並んでいる。ハリーがロンとハーマイオニーの間に立つと、先生が授業を始めた。

「今日はマンドレイクの植え換えをやります。マンドレイクの特徴がわかる人はいますか？」

みなが思ったとおり、一番先にハーマイオニーの手が挙がった。

「マンドレイク、別名マンドラゴラは強力な回復薬です」

いつものようにハーマイオニーの答えは、まるで教科書を丸呑みしたようだ。

「姿形を変えられたり、呪いをかけられた人を元の姿にもどすのに使われます」

「たいへんよろしい。グリフィンドールに一〇点」スプラウト先生が言った。

「マンドレイクはたいていの解毒剤の主成分になります。しかし、危険な面もあります。だれかその理由が言える人は？」

ハーマイオニーの手が勢いよく挙がった拍子に、危うくハリーのメガネを引っかけそうになった。

「マンドレイクの泣き声は、それを聞いた者にとって命取りになります」よどみない答えだ。

「そのとおり。もう一〇点あげましょう」スプラウト先生が言った。

「さて、ここにあるマンドレイクはまだ非常に若い」

先生が一列に並んだ苗の箱を指さし、生徒はよく見ようとしていっせいに前のほうに詰めた。紫がかった緑色の小さなふさふさした植物が百個くらい、列を作って並んでいた。とくに変わったところはないじゃないか、とハリーは思った。ハーマイオニーの言ったマンドレイクの「泣き声」がなんなのかハリーには見当もつかない。

「みんな、耳当てを一つずつ取って」とスプラウト先生。

みないっせいに耳当てを——ピンクのふわふわした耳当て以外を——取ろうと揉《も》み合った。

「私が合図したら耳当てをつけて、両耳を完全にふさいでください。耳当てを取っても安全になったら、私が親指を上に向けて合図します。それでは——耳当て、つけ！」

ハリーは両耳を耳当てでパチンと覆った。外の音が完全に聞こえなくなった。スプラウト先生はピンクのふわふわした耳当てをつけ、ローブの袖《そで》をまくり上げ、ふさふさした植物を一本しっかりつかみ、ぐいっと引き抜いた。

ハリーは驚いてあっと声を上げたが、声はだれにも聞こえない。

土の中から出てきたのは、植物の根ではなく、小さな、泥んこの、ひどく醜い男の赤ん坊だった。葉っぱはその頭から生えている。肌は薄緑色でまだらになっている。赤ん坊は声のかぎりに泣きわめいている様子だった。

スプラウト先生は、テーブルの下から大きな鉢を取り出し、マンドレイクをその中に突っ込むと、ふさふさした葉っぱだけが見えるように、黒い湿った堆肥《たいひ》で赤ん坊を埋め込んだ。先生は手から泥を払い、親指を上に上げ、自分の耳当てを外した。

「このマンドレイクはまだ苗ですから、泣き声も命取りではありません」

先生は落ち着いたもので、ベゴニアに水をやるのと同じように、あたりまえのことをしたような口ぶりだ。

「しかし、苗でも、みなさんをまちがいなく数時間気絶させる力があります。新学期最初の日を気を失ったまま過ごしたくはないでしょうから、作業中は耳当てをしっかりと離さないように。後片づけをする時間になったら、私からそのように合図をします」

「一つの苗床に四人――植え換えの鉢はここに十分あります。――堆肥の袋はここです。――『毒触手草《どくしょくしゅそう》』に気をつけること。歯が生えてきている最中ですから」

先生は話しながら刺だらけの暗赤色の植物をピシャリとたたいた。するとその植物は、先生の肩の上にそろそろと伸ばしていた長い触手を引っ込めた。

ハリー、ロン、ハーマイオニーのグループに、髪の毛がくるくるとカールしたハッフルパフの男の子が加わった。ハリーはその子に見覚えがあったが、話したことはなかった。

「ジャスティン・フィンチ‐フレッチリーです」

男の子はハリーと握手しながら、明るい声で自己紹介した。

「君のことは知ってますよ、もちろん。有名なハリー・ポッターだもの……。それに、君はハーマイオニー・グレンジャーでしょう――なにをやっても一番の……（ハーマイオニーも握手に応じながらにっこりした）。それから、ロン・ウィーズリー。あの空飛ぶ車、君のじゃなかった？」

ロンはにこりともしなかった。「吠えメール」のことが、まだどこかに引っかかっているらしい。

「ロックハートって、たいした人ですよね？」

四人でそれぞれ鉢に、ドラゴンの糞の堆肥《たいひ》を詰め込みながらジャスティンが朗らかに言った。

「ものすごく勇敢な人です。彼の本、読みましたか？　僕でしたら、狼男に追い詰められて電話ボックスに逃げ込むような目にあったら、恐怖で死んでしまいます。ところが彼ときたらクールで――バサッと――すてきだ」

「僕、ほら、あのイートン校に行くことが決まってましたけど、こっちの学校にこれて、ほんとにうれしい。もちろん母はちょっぴりがっかりしてましたけど、ロックハートの本を読ませたら、母もだんだんわかってきたらしい。つまり家族の中にちゃんと訓練を受けた魔法使いがいると、どんなに便利かってことが……」

それからは四人ともあまり話をするチャンスがなくなった。耳当てをつけたし、マンドレイクに集中しなければならなかったからだ。スプラウト先生のときはずいぶん簡単そうに見えたが、実際にはそうはいかなかった。マンドレイクは土の中から出るのをいやがり、いったん出ると元にもどりたがらなかった。もがいたり、蹴ったり、尖《とが》った小さな拳《こぶし》を振り回したり、ギリギリ歯軋《はぎし》りしたりで、ハリーはとくに丸々太ったのを鉢に押し込むのに優に十分はかかった。

授業が終了したときには、ハリーもクラスのだれもかれも、汗まみれの泥だらけになって、体のあちこちが痛んだ。みなだらだらと城まで歩いてもどり、さっと汚れを洗い落としたあと、グリフィンドール生は「変身術」のクラスに急いだ。

マクゴナガル先生のクラスはいつも大変だったが、今日はことさらに難しかった。去年一年間習ったことが、夏休みの間にハリーの頭から溶けて流れてしまったようだった。コガネムシをボタンに変える課題だったのに、ハリーの杖《つえ》をかいくぐって逃げ回るコガネムシに、机の上でたっぷり運動させてやっただけだった。

ロンはさらにひどかった。スペロテープを借りて杖をつぎはぎしてはみたものの、もう杖は修理できないほどに壊れてしまったらしい。とんでもないときにパチパチ鳴ったり、火花を散らしたりした。コガネムシを変身させようとするたびに、杖は濃い灰色の煙でもくもくとロンを包み込んだ。煙は腐った卵の臭いがした。煙で手元が見えづらくなってうっかり肘《ひじ》でコガネムシを押しつぶしてしまい、ロンは新しいのをもう一匹もらわなければならなかった。マクゴナガル先生は、ご機嫌斜めだった。

昼休みのベルが鳴り、ハリーはほっとした。脳みそが、しぼったあとのスポンジのようになった気がした。みなぞろぞろと教室を出ていったが、ハリーとロンだけが取り残され、ロンは癇癪《かんしゃく》を起こして杖《つえ》をバンバン机にたたきつけていた。

「こいつめ……役立たず……コンチクショー」

「家に手紙を書いて別なのを送ってもらえば？」

杖が連発花火のようにパンパン鳴るのを聞きながらハリーが言った。

「あぁ、そうすりゃ、また『吠えメール』がくるさ。『杖が折れたのは、おまえが悪いからでしょう――』ってね」

今度はシューシュー言いはじめた杖をカバンに押し込みながら、ロンが答えた。

昼食のテーブルで、ハーマイオニーが「変身術」で作った完璧なコートのボタンをいくつも二人に見せつけるので、ロンはますます機嫌を悪くした。

「午後の授業はなんだっけ？」ハリーはあわてて話題を変えた。

「『闇の魔術に対する防衛術』よ」ハーマイオニーがすぐ答えた。

「君、ロックハートの授業を全部小さいハートで囲んであるけど、どうして？」

ロンがハーマイオニーの時間割を取り上げて聞いた。

ハーマイオニーは真っ赤になって時間割を引ったくり返した。

昼食を終え、三人は中庭に出た。曇り空だった。ハーマイオニーは石段に腰掛けて、『バンパイアとバッチリ船旅』をまた夢中になって読みはじめた。ハリーはロンと立ち話でしばらくクィディッチの話をしていたが、ふとじっと見つめられているような気がした。目を上げると、薄茶色の髪をした小さな少年が、その場に釘づけになったようにじっとハリーを見つめていた。ハリーはこの少年が昨夜組分け帽子をかぶったところを見た。少年はマグルのカメラのような物をしっかりつかんでいて、ハリーが目を向けたとたん、顔を真っ赤にした。

「ハリー、元気？　僕――僕、コリン・クリービーと言います」

少年はおずおずと一歩近づいて、一息にそう言った。

「僕も、グリフィンドールです。あの――もし、かまわなかったら――写真を撮ってもいいですか？」

カメラを持ち上げて、少年が遠慮がちに頼んだ。

「写真？」ハリーがオウム返しに聞いた。

「僕、あなたに会ったことを証明したいんです」

コリン・クリービーはまた少し近寄りながら熱心に言った。

「僕、あなたのことはなんでも知ってます。みんなに聞きました。『例のあの人』があなたを殺そうとしたのに生き残ったとか、『あの人』が消えてしまったとか、いまでもあなたの額《ひたい》に稲妻形の傷があるとか（コリンの目がハリーの額の生え際を探った）。同じ部屋の友達が、写真をちゃんとした薬で現像したら、写真が動くって教えてくれたんです」

コリンは興奮で震えながら大きく息を吸い込むと、一気に言葉を続けた。

「この学校って、すばらしい。ねっ？　僕、いろいろ変なことができたんだけど、ホグワーツから手紙がくるまでは、それが魔法だなんて知らなかったんです。僕のパパは牛乳配達をしてて、やっぱり信じられなかった。だから、僕、写真をたくさん撮って、パパに送ってあげるんです。もし、あなたのが撮れたら、ほんとにうれしいんだけど——」

コリンは懇願するような目でハリーを見た。

「あなたの友達に撮ってもらえるなら、僕があなたと並んで立ってもいいですか？　それから、写真にサインをくれますか？」

「サイン入り写真？　ポッター、君はサイン入り写真を配ってるのかい？」

ドラコ・マルフォイの痛烈な声が中庭に大きく響き渡った。いつものように、デカくて狂暴そうなクラッブとゴイルを両脇に従えて、マルフォイはコリンのすぐ後ろで立ち止まった。

「みんな、並べよ！　ハリー・ポッターがサイン入り写真を配るそうだ！」

マルフォイがまわりに群がっていた生徒たちに大声で呼びかけた。

「僕はそんなことしていないぞ。マルフォイ、黙れ！」

ハリーは怒って拳《こぶし》をにぎりしめながら言った。

マルフォイはもう大声を出す必要はなかった。中庭にいた生徒の半分が耳を傾けていた。

「妬いている？」

コリンも、クラッブの首の太さぐらいしかない体で言い返した。

「君、焼き餅妬《や》いてるんだ」

「なにを？　僕はありがたいことに、額の真ん中に醜い傷なんか必要ないんだ。頭をかち割られることで特別な人間になれるなんて、僕はそう思わないのでね」

クラッブとゴイルはクスクス薄ら笑いをしていた。

「ナメクジでも食らえ、マルフォイ」ロンがけんか腰で言った。クラッブは笑うのをやめ、トチの実のようにごつごつ尖《とが》った拳《こぶし》を、脅すようになでさすりはじめた。

「言葉に気をつけるんだね、ウィーズリー」マルフォイがせせら笑った。「これ以上いざこざを起こしたら、君のママがお迎えにきて学校から連れ帰るよ」

マルフォイは、かん高い突き刺すような声色で「今度ちょっとでも規則を破ってごらん――」とからかった。

近くにいたスリザリンの五年生の一団が声を上げて笑った。

「ポッター、ウィーズリーが君のサイン入り写真がほしいってさ」

マルフォイがニヤニヤ笑いながら言った。

「彼の家一軒分よりもっと価値があるかもしれないな」

ロンは、スペロテープだらけの杖《つえ》を取り出した。同時にハーマイオニーが『バンパイアとバッチリ船旅』をパチンと閉じて、「気をつけて！」と小声で注意した。

「いったい何事かな？　いったいどうしたかな？」

ギルデロイ・ロックハートが大股でこちらに歩いてきた。トルコ石色のローブをひらりとなびかせている。

「サイン入りの写真を配っているのはだれかな？」

ハリーが口を開きかけたが、ロックハートはそれを遮《さえぎ》るようにハリーの肩にさっと腕を回し、陽気な大声を響かせた。

「聞くまでもなかった！　ハリー、また会ったね！」

ロックハートに羽交《はが》い締《じ》めにされ、屈辱感で焼けるような思いをしながら、ハリーはマルフォイがニヤニヤしながら人垣の中にするりと入り込むのを見た。

「さあ、撮りたまえ。クリービー君」ロックハートがコリンにほほえんだ。

「二人のツーショット写真だ。最高だと言えるね。しかも、君のために二人でサインをしよう」

コリンは大あわてでもたもたとカメラを構え写真を撮った。そのときちょうど午後の授業の始まりを告げるベルが鳴った。

「さあ、行きたまえ。みんな急いで」

ロックハートはそうみなに呼びかけ、自分もハリーを抱えたまま城へと歩き出した。ハリーは羽交い締めにされたまま、うまく消え去る呪文があればいいのにと思っていた。

「わかっているとは思うがね、ハリー」

城の脇のドアから入りながら、ロックハートがまるで父親のような言い方をした。

「あのお若いクリービー君から、あそこで君を護ってやったんだよ――あの子が私の写真も一緒に撮るのだったら、君のクラスメートも、君が目立ちたがっているとは思わないでしょう……」

ハリーがもごもごと言うのをまったく無視して、ずらりと廊下に並ぶ生徒が見つめる中をロックハートはハリーを連れたまますっさと歩き、そのまま階段を上がった。

「ひとこと言っておきましょう。君の経歴では、いまの段階でサイン入り写真を配るのは賢明とは言えないね――はっきり言って、ハリー、少ぉし思い上がりだよ。そのうち私のように、どこへ行くにも写真を一束準備しておくことが必要になるときがくるかもしれない。しかしですね――」

ここでロックハートはカラカラッと満足げに笑った。

「君はまだまだその段階ではないと思いますね」

教室の前まできて、ロックハートはやっとハリーを解放した。ハリーはローブをギュッと引っ張ってしわを伸ばしてから、一番後ろの席まで行ってそこに座り、脇目も振らずにロックハートの本を七冊全部、目の前に山のように積み上げた。そうすればロックハートの実物を見ないですむ。

クラスメートが教室にドタバタと入ってきた。ロンとハーマイオニーが、ハリーの両脇に座った。

「顔で目玉焼きができそうだったよ」ロンが言った。「クリービーとジニーがどうぞ出会いませんように、だね。じゃないと、二人でハリー・ポッター・ファンクラブを始めちゃうよ」

「やめてくれよ」ハリーが遮《さえぎ》るように言った。

「ハリー・ポッター・ファンクラブ」なんて言葉はロックハートには絶対聞かれたくない言葉だ。

生徒全員が着席すると、ロックハートは大きな咳《せき》ばらいをした。みな、しんとなった。ロックハートは生徒のほうにやってきて、ネビル・ロングボトムの持っていた『トロールとのとろい旅』を取り上げ、ウインクをしている自分自身の写真のついた表紙を高々と掲げた。

「私《わたくし》だ」本人もウィンクしながら、ロックハートが言った。

「ギルデロイ・ロックハート。勲三等マーリン勲章、闇の力に対する防衛術連盟名誉会員、そして、『週刊魔女』五回連続『チャーミング・スマイル賞』受賞――もっとも、私《わたくし》はそんな話をするつもりはありませんよ。バンドンの泣き妖怪バンシーをスマイルで追いはらったわけじゃありませんしね！」

ロックハートはみなが笑うのを待ったが、ごく小数が曖昧に笑っただけだった。

「全員、私《わたくし》の本を全巻そろえたようだね。大変よろしい。今日は最初にちょっとミニテストをやろうと思います、心配ご無用――君たちがどのぐらい私《わたくし》の本を読んでいるか、どのぐらい覚えているかをチェックするだけですからね」

テスト用紙を配り終えると、ロックハートは教室の前の席にもどって合図した。

「三十分です。よーい、はじめ！」

ハリーはテスト用紙を見下ろし、質問を読んだ。

1　ギルデロイ・ロックハートの好きな色はなに？
2　ギルデロイ・ロックハートの密かな大望はなに？
3　現時点までのギルデロイ・ロックハートの業績の中で、あなたはなにが一番偉大だと思うか？

こんな質問が延々三ページ、裏表にわたって続いた。最後の質問はこうだ。

54　ギルデロイ・ロックハートの誕生日はいつで、理想的な贈り物はなに？

三十分後、ロックハートは答案を回収し、クラス全員の前でパラパラとそれをめくった。

「チッチッチ――私《わたくし》の好きな色はライラック色だということを、ほとんどだれも覚えていないようだね。『雪男とゆっくり一年』の中でそう言っているのに。『狼男との大いなる山歩き』をもう少ししっかり読まなければならない子も何人かいるようだ――第十二章ではっきり書いているように、私《わたくし》の誕生日の理想的な贈り物は、魔法界と非魔法界のハーモニーですね。――もっとも、オグデンのオールド・ファイア・

ウィスキーの大瓶《おおびん》でもお断りはいたしませんよ！」

ロックハートはもう一度クラス全員にいたずらっぽくウィンクした。ロンは、もう呆《あき》れてものが言えない、という表情でロックハートを見つめていた。前列に座っていたシェーマス・フィネガンとディーン・トーマスは、声を押し殺して笑っていた。ところが、ハーマイオニーはロックハートの言葉にうっとりと聞き入っていて、ロックハートが突然彼女の名前を口にしたのでびくっとした。

「……ところが、ミス・ハーマイオニー・グレンジャーは、私《わたくし》の密かな大望を知ってましたね。この世界から悪を追いはらい、ロックハート・ブランドの整髪剤を売り出すことだとね。――よくできました！　それに――」ロックハートは答案用紙を裏返した。「満点です！　ミス・ハーマイオニー・グレンジャーはどこにいますか？」

ハーマイオニーの挙げた手が震えていた。

「すばらしい！」ロックハートがにっこりした。「まったくすばらしい！　グリフィンドールに一〇点あげましょう！　では、授業ですが……」

ロックハートは机の後ろにかがみ込んで、覆いのかかった大きな籠《かご》を持ち上げ、机の上に置いた。

「さあ――気をつけて！　魔法界の中で最も穢《けが》れた生き物と戦う術を授けるのが、

私《わたくし》の役目なのです！　この教室で君たちは、これまでにない恐ろしい目にあうことになるでしょう。ただし、私《わたくし》がここにいるかぎり、何物も君たちに危害を加えることはないと思いたまえ。落ち着いているよう、それだけをお願いしておきます」

ハリーはつい釣り込まれて、目の前に積み上げた本の山の脇から覗《のぞ》き、籠をよく見ようとした。ロックハートが覆いに手をかけた。ディーンとシェーマスはもう笑ってはいなかった。ネビルは一番前の席で縮こまっていた。

「どうか、さけばないようお願いしたい。この連中を挑発してしまうかもしれないのでね」

ロックハートが低い声で言った。

クラス全員が息を殺した。ロックハートはパッと覆いを取りはらった。

「さあ、どうだ」ロックハートは芝居じみた声を出した。「捕らえたばかりのコーンウォール地方のピクシー小妖精」

シェーマス・フィネガンはこらえ切れずにプッと噴き出した。さすがのロックハートでも、これは恐怖のさけびとは聞こえなかった。

「どうかしたかね？」ロックハートがシェーマスに笑いかけた。

「あの、こいつらが――あの、そんなに――危険、なんですか？」

シェーマスは笑いを殺すのに、咽《む》せ返った。

「思い込みはいけません！」

ロックハートはシェーマスに向かってたしなめるように指を振った。

「連中はやっかいで危険な小悪魔になりえますぞ！」

ピクシー小妖精は、身の丈二十センチぐらいで群青色をしていた。尖《と》んがった顔でキーキーとかん高い声を出すので、インコの群れが議論しているような騒ぎだった。覆いが取りはらわれるや否《いな》や、ペチャクチャしゃべりまくりながら籠《かご》の中をピュンピュン飛び回り、籠をガタガタ言わせたり、近くにいる生徒に〝あっかんべぇ〟をしたりした。

「さあ、それでは」ロックハートが声を張り上げ、「君たちがピクシーをどう扱うかやってみましょう！」と、籠の戸を開けた。

上を下への大騒ぎだ。ピクシーはロケットのように四方八方に飛び散った。二匹がネビルの両耳を引っ張って空中に吊り上げた。数匹が窓ガラスを突き破って飛び出し、後ろの席の生徒にガラスの破片の雨を浴びせた。教室に残ったピクシーたちの破壊力ときたら、暴走するサイよりすごい。インク瓶《びん》を引っつかみ、教室中にインクを振りまくわ、本やノートを引き裂くわ、壁から写真を引っぺがすわ、ごみ箱はひっくり返すわ、本やカバンを奪って破れた窓から外に放り投げるわ――数分後、クラスの生徒の半分は机の下に避難し、ネビルは天井のシャンデリアからぶら下がって揺れていた。

「さあ、さあ。捕まえなさい。捕まえなさいよ。たかがピクシーでしょう……」

ロックハートがさけんだ。

ロックハートは腕まくりして杖《つえ》を振り上げ、「ペスキピクシペステルノミ！　ピクシー虫よ去れ！」と大声を出した。

なんの効果もない。ピクシーが一匹、ロックハートの杖を奪って、これも窓の外へ放り投げた。ロックハートはヒェッと息を呑《の》み、自分の机の下に潜り込んだ。一秒遅かったら、天井からシャンデリアごと落ちてきたネビルに危うく押しつぶされるところだった。

終業のベルが鳴り、みなわっと出口に押しかけた。それが少し収まったころ、ロックハートが立ち上がり、ちょうど教室から出ようとしていたハリー、ロン、ハーマイオニーを見つけて呼びかけた。

「さあ、その三人にお願いしよう。その辺に残っているピクシーを摘《つま》んで、籠にもどしておきなさい」

そして三人の横をするりと通り抜け、後ろ手にすばやく戸を閉めてしまった。

「耳を疑うぜ」ロンは残っているピクシーの一匹に、いやというほど耳を噛《か》まれながらうなった。

「私たちに体験学習をさせたかっただけよ」ハーマイオニーは二匹一緒にてきぱきと「縛《しば》り術《じゅつ》」をかけて動けないようにし、籠《かご》に押し込みながら言った。

「体験だって？」ハリーは、舌を出しながら〝ここまでおいで〟をしているピクシーを追いかけながら言った。

「ハーマイオニー、ロックハートなんて、自分のやっていることが自分で全然わかってないんだよ」

「ちがうわ。彼の本、読んだでしょ――彼って、あんなに目の覚めるようなことをやってるじゃない……」

「ご本人は、やったとおっしゃってますがね」ロンがつぶやいた。

第7章　穢れた血と幽かな声

それから二、三日は、ギルデロイ・ロックハートを廊下で見かけるたびにさっと身を隠すという行動の繰り返しに、ハリーは余計な時間を取られた。しかし、それよりやっかいなのがコリン・クリービーだった。どうもハリーの時間割を暗記しているらしい。「ハリー、元気かい？」と一日に六回も七回も呼びかけ、「やぁ、コリン」とハリーに返事をしてもらうだけで、たとえハリーがどんなに迷惑そうな声を出そうが、コリンの興奮は最高潮に達するようだ。

ヘドウィグはあのひどく惨《みじ》めな空のドライブのことで、ハリーに腹を立てたままだったし、ロンの杖《つえ》は相変わらず使い物にならなかった。金曜日の午前、「妖精《ようせい》の呪《じゅ》文《もん》」の授業中に、杖は突然キレてロンの手から飛び出し、小さな老教授、フリットウィック先生の眉間にまともに当たり、そこが大きく腫れ上がってズキズキと痛そうな緑色のこぶを作った。あれやこれやがあった中で、やっと週末になってハリーはほっとした。土曜日の午前中にロンやハーマイオニーと三人で、ハリーはハグリッドを訪ねるつもりだった。ところが、予定の目覚め時間より数時間も早く、グリフィンドール・クィディッチ・チームのキャプテン、オリバー・ウッドに揺り起こされた。

「にゃにごとなの?」とハリーは寝呆け声を出した。

「クィディッチの練習だ! 起きろ!」ウッドがどなった。

ハリーは薄目を開けて窓を見た。ピンクと金色の空に、うっすらと朝靄《あさもや》がかかっている。目覚めてみれば、こんなに鳥が騒がしく鳴いているのによくも寝ていられたものだと思った。

「オリバー、夜が明けたばかりじゃないか」ハリーはかすれ声で言った。

「そのとおり」

ウッドは背が高くたくましい六年生で、その目は、いまや尋常とは思えない情熱でギラギラ輝いていた。

「これも新しい練習計画の一部だ。さあ、箒《ほうき》を持て。行くぞ」ウッドは威勢がいい。「ほかのチームはまだどこも練習を開始していない。今年は我々が一番乗りだ……」

あくびと一緒に少し身震いしながら、ハリーはベッドから降りて、クィディッチ用のローブを探した。

「それでこそ男だ。十五分後に競技場で会おう」とウッドは出ていった。

チームのユニフォーム、深紅のローブを探し出し、寒さに備えてその上にマントを着た。走り書きでロンに行き先を告げるメモを残し、ハリーはニンバス２０００を肩に螺旋《らせん》階段を下り、談話室へ向かった。肖像画の穴に着いたそのとき、後ろでガタガタ音がしたかと思うと、コリン・クリービーが、螺旋階段を転がるように駆け下りてきた。首から下げたカメラが大きく揺《ゆ》れ、手にはなにかをにぎりしめている。

「階段のところでだれかが君の名前を呼ぶのが聞こえたんだ。ハリー！　これ、なんだかわかる？　現像《げんぞう》したんだ。君にこれ、見せたくて――」

コリンが得意げにひらひらさせている写真を、ハリーはなんだかわからないままに覗《のぞ》いた。

白黒写真のロックハートが、誰かの腕をぐいぐい引っ張っている。ハリーはそれが自分の腕だとわかった。写真の自分がなかなかがんばって画面に引き込まれまいと抵抗しているのを見て、少しうれしくなった。ハリーが写真を見ているうちに、ロックハートはついにあきらめ、ハァハァ息を切らしながら、写真の外枠にもたれてへたり込んだ。

「これにサインしてくれる？」コリンが拝むように言った。

「だめ」

即座に断りながら、ハリーはあたりを見回し、本当にだれも談話室にいないかどうか確かめた。

「ごめんね、コリン。急ぐんだ——クィディッチの練習で」

ハリーは肖像画の穴をよじ登った。

「うわっ、待ってよ！　クィディッチって、僕、見たことないんだ！」

コリンも肖像画の穴を這《は》い上がってついてきた。

「きっと、ものすごくつまんないよ」

ハリーはあわてて言ったが、コリンの耳には入らない。興奮で顔を輝かせていた。

「君って、この百年間で最年少の寮代表選手なんだって？　ねっ、ハリー、そうなの？」

コリンはハリーと並んでとことこ小走りになって歩いた。

「君って、きっとものすごく上手《うま》いんだね。僕、飛んだことないんだ。簡単？　それ、君の箒《ほうき》なの？　それって、一番いいやつなの？」

ハリーはどうやってコリンを追いはらえばいいのか、途方に暮れた。まるで、恐ろしくおしゃべりな自分の影法師につきまとわれているようだ。

コリンは息をはずませてしゃべり続けている。

「クィディッチって、僕、あんまり知らないんだ。ボールが四つあるってほんと？　そしてそのうちの二つが、飛び回って、選手を箒からたたき落とすんだって？」

「そうだよ」

ハリーはやれやれとあきらめて、クィディッチの複雑なルールについて説明することにした。

「そのボールはブラッジャーっていうんだ。チームには二人のビーターがいて、クラブっていう棍棒《こんぼう》でブラッジャーをたたいて、自分のチームからブラッジャーを追っぱらうんだ。フレッドとジョージ・ウィーズリーがグリフィンドールのビーターだよ」

「それじゃ、ほかのボールはなんのためなの？」

コリンはポカッと口を開けたままハリーに見とれて、階段を二、三段踏み外しそうになりながら聞いた。

「えーと、まずクアッフル。――一番大きい赤いやつ――これをゴールに入れて点を取る。各チームにチェイサーが三人いて、クアッフルをパスし合って、コートの端にあるゴールを通過させる。——ゴールって、てっぺんに輪っかがついた長い柱で、両端に三本ずつ立ってる」

「それで四番目のボールが——」

「金色のスニッチだよ」ハリーがあとを続けた。

「とても小さいし、速くって、捕まえるのは難しい。だけどシーカーはそれを捕まえなくちゃいけないんだ。だって、クィディッチの試合は、スニッチを捕まえるまでは終わらないんだ。シーカーがスニッチを捕まえたほうのチームには一五〇点加算される」

「そして、君はグリフィンドールのシーカーなんだ。ね?」

コリンは尊敬のまなざしで言った。

「そうだよ」

二人は城をあとにし、朝露でしっとり濡れた芝生を横切りはじめた。

「それからキーパーがいる。クアッフルを入れられないよう、ゴールを守るんだ。それでだいたいおしまいだよ。うん」

それでもコリンは質問をやめなかった。芝生の斜面を下りる間も、クィディッチ競技場に着くまでずっとハリーを質問攻めにし、やっと振りはらうことができたのは、更衣室にたどり着いたときだった。

「僕、いい席を取りにいく！」

コリンはハリーの後ろから上ずった声で呼びかけ、スタンドへと走っていった。

グリフィンドールの選手たちはもう更衣室に揃っていた。ばっちり目覚めているのはウッドだけのようだ。フレッドとジョージは腫れぼったい目でくしゃくしゃ髪のまま座り込んでいたし、その隣の四年生のチェイサー、アリシア・スピネットときたら、後ろの壁にもたれてこくりこくりしているようだった。反対側では、チェイサー仲間のケイティ・ベルとアンジェリーナ・ジョンソンが並んであくびをしていた。

「遅いぞハリー。どうかしたか？」ウッドがきびきびと言った。

「ピッチに出る前に、諸君に手短に説明しておこう。ひと夏かけて、まったく新しい練習方法を編み出したんだ。これなら絶対いままでとはできがちがう」

ウッドはクィディッチ・ピッチの大きな図を掲げた。図には線やら矢印やら×印がいくつも、色とりどりのインクで書き込まれている。ウッドが杖《つえ》を取り出して図をたたくと、矢印が図の上で毛虫のようにもぞもぞ動きはじめた。ウッドが新戦略についての演説をぶち上げはじめると、フレッド・ウィーズリーの頭がことんとアリシア・スピネットの肩に落ちて、いびきをかきはじめた。

一枚目の説明にほとんど二十分かかった。その下から二枚目、さらに三枚目が出てきた。ウッドが延々とぶち上げ続けるのを聞きながら、ハリーは、ぼうっと夢見心地になっていった。

「ということで――」

やっとのことでウッドがそう言うのが聞こえ、いまごろ城ではどんな朝食を食べているのだろうとおいしい空想にふけっていたハリーは、突然現実に引きもどされた。

「諸君、わかったか？　質問は？」

「質問、オリバー」いま目を覚ましたジョージが聞いた。「いままで言ったこと、どうして昨日《きのう》のうちに、おれたちが起きてるうちに言ってくれなかったんだい？」

ウッドはむっとした。

「いいか、諸君、よく聞けよ」ウッドはみなを睨《にら》みつけた。「我々は去年クィディッチ杯に勝つはずだったんだ。まちがいなく最強のチームだった。残念ながら、我々の力ではどうにもならない事態が起きて……」

ハリーは申し訳なさにもじもじした。昨シーズン最後の試合のとき、ハリーは意識不明で医務室にいた。グリフィンドールは選手一人欠場のまま、この三百年来、最悪という大敗北に泣いた。

ウッドは平静を取りもどそうと、一瞬間を置いた。前回の大敗北がウッドをいままでも苦しめているにちがいない。

「だから、今年はいままでより厳しく練習したい……よぉし、行こうか。新しい戦術を実践するんだ！」

ウッドは大声でそう言うなり、箒《ほうき》をぐいとつかみ、先頭を切って更衣室から出ていった。他の選手たちは、足を引きずり、あくびを連発しながらあとに続いた。

ずいぶん長い間更衣室にいたので、競技場の芝生にはまだ名残の霧が漂ってはいたが、太陽はもうしっかり昇っていた。ピッチの上を歩きながら、ハリーはロンとハーマイオニーがスタンドに座っているのを見つけた。

「まだ終わってないのかい？」ロンが信じられないという顔をした。

「まだ始まってもいないんだよ。ウッドが新しい動きを教えてくれてたんだ」

ロンとハーマイオニーが大広間から持ち出してきたマーマレード・トーストを、ハリーはうらやましそうな目で見た。

箒《ほうき》にまたがり、ハリーは地面を蹴って空中に舞い上がった。冷たい朝の空気が顔を打ち、ウッドの長たらしい演説よりずっと効果的な目覚ましだった。クィディッチ・ピッチにまたもどってきた。なんてすばらしいんだろう。ハリーはフレッドやジョージと競争しながら競技場のまわりを全速力で飛び回った。

「カシャッカシャッて変な音がするけど、なんだろ？」

コーナーを回り込みながらフレッドが言った。

ハリーがスタンドを見ると、コリンだった。最後部の席に座ってカメラを高く掲げ、次から次と写真を撮りまくっている。人気のない競技場で、その音が異様に大きく聞こえた。

「こっちを向いて、ハリー！　こっちだよ！」コリンは黄色い声を出した。

「だれだ？　あいつ」とフレッドが言った。

「全然知らない」

ハリーは嘘をついた。そして、スパートをかけ、コリンからできるだけ離れた。

「いったいなんだ？　あれは」

しかめ面でウッドが二人のほうへ、スイーッと風に乗って飛んできた。

「なんであの一年坊主は写真を撮ってるんだ？　気に入らないなあ。我々の新しい練習方法を盗みにきた、スリザリンのスパイかもしれないぞ」

「あの子、グリフィンドールだよ」ハリーはあわてて言った。

「それにオリバー、スリザリンにスパイなんて必要ないぜ」とジョージも言った。

「なんでそんなことが言えるんだ?」ウッドは短気になった。

「ご本人たちのお出ましさ」

ジョージが指さすほうを見ると、グリーンのローブを着込んで、箒《ほうき》を手に数人がピッチに入ってくるところだった。

「そんなはずはない」ウッドが怒りで歯軋《はぎし》りした。

「このピッチを今日予約してるのは僕だ。話をつけてくる!」

ウッドは一直線にピッチに向かった。怒りのため、着地で勢いあまって突っ込み気味になり、箒から降りるときも少しよろめいた。ハリー、フレッド、ジョージもウッドに続いた。

「フリント!」

ウッドはスリザリンのキャプテンに向かってどなった。

「我々の練習時間だ。そのために特別に早起きしたんだ! いますぐ立ち去ってもらおう!」

マーカス・フリントはウッドよりさらに大きい。トロール並みのずるそうな表情を浮かべ、「ウッド、おれたち全部が使えるぐらい広いだろ」と答えた。

アンジェリーナ、アリシア、ケイティもやってきた。

スリザリンには女子選手は一人もいない。――グリフィンドールの選手の前に肩と肩をくっつけて立ちはだかり、全員がニヤニヤしている。

「いや、ここは僕が予約したんだ！」怒りで唾《つば》を飛び散らしながらウッドがさけんだ。「僕に使用権がある！」

「ヘン、こっちにはスネイプ先生が、特別にサインしてくれたメモがあるぞ。『私、スネイプ教授は、本日クィディッチ・ピッチにおいて、新人シーカーを教育する必要があるため、スリザリン・チームが練習することを許可する』」

「新しいシーカーだって？　どこに？」ウッドの注意が逸《そ》れた。

目の前の大きな六人の後ろから、小さな七番目が現れた。青白い尖《とが》った顔一杯に得意げな笑いを浮かべている。ドラコ・マルフォイだった。

「ルシウス・マルフォイの息子じゃないか」フレッドが嫌悪感をむき出しにした。

「ドラコの父親を持ち出すとは、偶然の一致だな」

フリントの言葉で、スリザリン・チーム全員がますますニヤニヤした。

「そのお方がスリザリン・チームにくださった、ありがたい贈り物を見せてやろうじゃないか」

七人全員がそろって自分の箒《ほうき》を突き出した。七本ともぴかぴかに磨き上げられた新品の柄《え》に、美しい金文字で銘《めい》が書かれている。

『ニンバス２００１』

グリフィンドール選手の鼻先でその文字は朝の光を受けて輝いていた。

「最新型だ。先月出たばかりさ」

フリントは無造作にそう言って、自分の箒の先についていた埃《ほこり》のかけらを、指でひょいと払った。

「旧型２０００シリーズに対して相当水をあけるはずだ。旧型のクリーンスイープに対しては」フリントはクリーンスイープ５号をにぎりしめているフレッドとジョージを鼻先で笑った。

「２００１がクリーンに圧勝」

グリフィンドール・チームは一瞬、だれも言葉が出なかった。マルフォイはますます得意げにニターッと笑い、冷たい目が二本の糸のようになった。

「おい、見ろよ。ピッチ乱入だ」フリントが言った。

ロンとハーマイオニーが何事かと様子を見に、芝生を横切ってこっちへやってきた。

「どうしたんだい？　どうして練習しないいんだよ。それに、あいつ、こんなとこでなにしてるんだい？」

ロンはスリザリンのクィディッチ・ローブを着ているマルフォイを見て言った。

「ウィーズリー、僕はスリザリンの新しいシーカーだ」マルフォイは満足げだ。

「僕の父上がチーム全員に買い与えた箒《ほうき》を、みんなで称賛していたところだよ」

ロンは目の前に並んだ七本の最高級の箒を見て、口をあんぐり開けた。

「いいだろう?」マルフォイがこともなげに言った。

「グリフィンドール・チームも資金集めして新しい箒を買えばいい。クリーンスイープ5号を慈善事業の競売にかければ、博物館が買いを入れるだろうよ」

スリザリン・チームは大爆笑だ。

「少なくとも、グリフィンドールの選手は、だれ一人お金で選ばれたりはしてないわ。純粋に才能で選手になったのよ」ハーマイオニーがきっぱりと言った。

マルフォイの自慢顔がちらりと歪んだ。

「だれもおまえの意見なんか求めてない。生まれそこないの『穢《けが》れた血《ち》』め」

マルフォイが吐き捨てるように言い返した。

とたんに轟々と声が上がったので、マルフォイがひどい悪態をついたらしいことは、ハリーにもすぐわかった。フレッドとジョージがマルフォイに飛びかかろうとし、それを食い止めるためにフリントが急いでマルフォイの前に立ちはだかった。

アリシアは「よくもそんなことを！」と金切り声を上げた。ロンはローブに手を突っ込んでポケットから杖《つえ》を取り出し、「マルフォイ、思い知れ！」とさけぶとフリントの腋《わき》の下からマルフォイの顔に向かって杖を突きつけた。

バーンという大きな音が競技場中にこだまし、赤い閃光《せんこう》が、ロンの杖先ではなく反対側から飛び出してロンの胃のあたりに当たった。ロンはよろめいて芝生の上に尻餅をついた。

「ロン！　ロン！　大丈夫？」ハーマイオニーが悲鳴を上げた。

ロンは口を開いたが、言葉が出てこない。代わりにとてつもないゲップが一発と、ナメクジが数匹ボタボタと膝《ひざ》にこぼれ落ちた。

スリザリン・チームは笑い転げた。フリントなど、新品の箒にすがって腹をよじって笑い、マルフォイは四つん這《ば》いになって拳《こぶし》で地面をたたきながら笑っていた。グリフィンドールのメンバーは、ぬめぬめ光る大ナメクジを次々と吐き出すロンのまわりに集まりはしたが、だれもがロンに触れるのをためらっていた。

「ハグリッドのところに連れていこう。一番近いし」

ハリーがハーマイオニーに呼びかけた。ハーマイオニーは勇敢にもうなずき、二人でロンの両側から腕をつかんで助け起こした。

「ハリー、どうしたの？　ねえ、どうしたの？　病気なの？　でも君なら治せるよね？」

コリンがスタンドから駆け下りてきて、ピッチから出ていこうとする三人にまつわりついてまわりを飛び跳ねた。ロンがゲボッと吐いて、またナメクジがボタボタと落ちてきた。

「おわぁー」コリンは感心してカメラを構えた。「ハリー、動かないように押さえてて」

「コリン、そこをどいて！」

ハリーはコリンを叱りつけ、ハーマイオニーと一緒にロンを抱えて競技場を抜け、森へと向かった。

森番の小屋が見えてきた。

「もうすぐよ、ロン。すぐ楽になるから……もうすぐそこだから……」

ハーマイオニーがロンを励ました。

あと五、六メートルというところで、小屋の戸が開いた。しかし、中から出てきたのはハグリッドではなかった。今日は薄い藤色のローブをまとったロックハートがさっそうと現れた。

「早く、こっちに隠れて」

ハリーはそうささやいて、横の茂みにロンを引っ張り込んだ。ハーマイオニーはなんだかしぶしぶ従った。

「やり方さえわかっていれば簡単なことですよ」

ロックハートが声高にハグリッドになにか言っている。

「助けてほしいことがあれば、いつでも私のところにいらっしゃい！　私の著書を一冊進呈しましょう。——まだ持っていないとは驚きましたね。今夜サインをして、こちらに送りますよ。では、お暇《いとま》しましょう！」

ロックハートは城に向かってさっそうと歩き去った。

ハリーはロックハートの姿が見えなくなるまで待って、それからロンを茂みの中から引っ張り出し、ハグリッドの小屋の戸口まで連れていった。そしてあわただしく戸をたたいた。

ハグリッドがすぐに出てきた。不機嫌な顔だったが、客がだれだかわかったとたん、パッと顔が輝いた。

「いつくるんか、いつくるんかと待っとったぞ。——さあ入った、入った——実はロックハート先生がまぁたきたかと思ったんでな」

ハリーとハーマイオニーはロンを抱えて敷居をまたがせ、一部屋しかない小屋に入った。片隅には巨大なベッドがあり、反対の隅には楽しげに暖炉の火が爆《は》ぜていた。ハリーはロンを椅子に座らせながら手短に事情を説明したが、ハグリッドはロンのナメクジ問題にまったく動じなかった。

「出てこんよりは出たほうがええ」

ロンの前に大きな銅の洗面器をポンと置き、ハグリッドは朗らかに言った。

「ロン、みんな吐いっちまえ」

「止まるのを待つほか手がないと思うわ」

洗面器にかがみ込んでいるロンを心配そうに見ながらハーマイオニーが言った。

「あの呪いって、ただでさえ難しいのよ。まして杖《つえ》が折れてたら……」

ハグリッドはいそいそとお茶の用意に飛び回った。ハグリッドの犬、ボアハウンドのファングは、ハリーを涎《よだれ》でべとべとにしていた。

「ねえ、ハグリッド、ロックハートはなんの用だったの？」

ファングの耳をカリカリ指でなでながらハリーが聞いた。

「井戸の中から水魔を追っぱらう方法をおれに教えようとしてな」

うなるように答えながら、ハグリッドはしっかり洗い込まれたテーブルから、羽を半分むしりかけの雄鶏《おんどり》を取りのけて、ティーポットをそこに置いた。

「まるでおれが知らんとでもいうようにな。その上、自分が泣き妖怪とかなんとかを追っぱらった話を、さんざんぶち上げとった。やっこさんの言っとることが一つでもほんとだったら、おれはへそで茶を沸《わ》かしてみせるわい」

ホグワーツの先生を批判するなんて、まったくハグリッドらしくなかった。ハリーは驚いてハグリッドを見つめた。ハーマイオニーはいつもよりちょっと上ずった声で反論した。

「それって、少し偏見じゃないかしら。ダンブルドア先生は、あの先生が一番適任だとお考えになったわけだし――」

「ほかにだぁれもおらんかったんだ」

ハグリッドは糖蜜ヌガーを皿に入れて三人にすすめながら言った。ロンがその脇でゲボゲボと咳《せ》き込みながら洗面器に吐いていた。

「だれひとりおらんかったんだ。闇の魔術の先生をする者《もん》を探すのが難しくなっちょる。だぁれも進んでそんなことをやろうとせん。な？　みんなこりゃ縁起が悪いと思いはじめたな。ここんとこ、だぁれも長続きした者《もん》はおらんしな。それで？　やっこさん、だれに呪いをかけるつもりだったんかい？」

ハグリッドはロンのほうを顎《あご》で指しながらハリーに聞いた。

「マルフォイがハーマイオニーのことをなんとかって呼んだんだ。ものすごくひどい悪口なんだと思う。だって、みんなカンカンだったもの」

「ほんとにひどい悪口さ」

テーブルの下から汗だらけのロンの青い顔がひょいと現れ、しわがれ声で言った。

「マルフォイのやつ、ハーマイオニーのこと『穢《けが》れた血《ち》』って言ったんだよ、ハグリッド――」

ロンの顔がまたひょいとテーブルの下に消えた。次のナメクジの波が押し寄せてきたのだ。ハグリッドは大憤慨していた。

「そんなこと、本当に言うたのか！」とハーマイオニーのほうを見てうなり声を上げた。

「言ったわよ。でも、どういう意味だか私は知らない。もちろん、ものすごく失礼な言葉だということはわかったけど……」

「あいつの思いつくかぎり最悪の侮辱の言葉だ」

ロンの顔がまた現れた。

「『穢れた血』って、マグルから生まれたっていう意味の――つまり両親とも魔法使いじゃない者を指す最低の汚《けが》らわしい呼び方なんだ。魔法使いの中には、たとえばマルフォイ一族みたいに、みんなが『純血』って呼ぶものだから、自分たちがだれよりも偉いって思っている連中がいるんだ」

ロンは小さなゲップをした。ナメクジが一匹だけ飛び出し、ロンの伸ばした手の中にスポッと落ちた。ロンはそれを洗面器に投げ込んでから話を続けた。

「もちろん、そういう連中以外は、そんなことまったく関係ないって知ってるよ。ネビル・ロングボトムを見てごらんよ――あいつは純血だけど、鍋《なべ》を逆さまに火にかけたりしかねないぜ」

「それに、おれたちのハーマイオニーが使えねえ呪文は、いままでにひとっつもなかったぞ」

ハグリッドが誇らしげに言ったので、ハーマイオニーはパッと頬を紅潮させた。

「他人《ひと》のことをそんなふうに罵《ののし》るなんて、むかつくよ」

ロンは震える手で汗びっしょりの額《ひたい》を拭《ぬぐ》いながら話し続けた。

「『穢れた血』だなんて、まったく。卑《いや》しい血だなんて。狂ってるよ。どうせいまどき、魔法使いはほとんど混血なんだぜ。もしマグルと結婚してなかったら、僕たちとっくに絶滅しちゃってたよ」

ふたたびゲーゲーが始まり、またまたロンの顔がひょいと消えた。

「うーむ、そりゃ、ロン、やつに呪いをかけたくなるのもむりはねぇ」

大量のナメクジが、ドサドサと洗面器の底に落ちる音を、かき消すような大声でハグリッドが言った。

「だけんど、おまえさんの杖《つえ》が逆噴射したのはかえってよかったかもしれん。ルシウス・マルフォイが、学校に乗り込んできおったかもしれんぞ、おまえさんがやつの息子に呪いをかけっちまってたらな。少なくとも、おまえさんは面倒に巻き込まれずにすんだっちゅうもんだ」

――ナメクジが次々と口から出てくるだけでも十分面倒だけど――とハリーは言いそうになったが、言えなかった。ちょうどハグリッドのくれた糖蜜ヌガーが上顎《うわあご》と下顎をセメントのようにがっちり接着してしまっていた。

「ハリー――」ふいに思い出したようにハグリッドが言った。

「おまえさんにもちぃと小言を言うぞ。サイン入りの写真を配っとるそうじゃないか。なんでおれに一枚くれんのかい?」

ハリーは怒りにまかせて、くっついた歯をぐいとこじ開けた。

「サイン入りの写真なんて、僕、配ってない。もしロックハートがまだそんなこと言いふらして……」

ハリーはむきになった。ふとハグリッドを見ると、笑っている。

「からかっただけだ」

ハグリッドは、ハリーの背中をやさしくポンポンとたたいた。おかげでハリーはテーブルの上に鼻からつんのめった。

「おまえさんがそんなことをせんのはわかっとる。ロックハートに言ってやったわ。おまえさんはそんな必要ねえって。なんにもせんでも、おまえさんはやっこさんより有名だって」

「ロックハートは気に入らないって顔したでしょう」

ハリーは顎《あご》をさすりながら体勢を立てなおした。

「あぁ、気に入らんだろ」ハグリッドの目がいたずらっぽくキラキラした。

「それから、おれはあんたの本などひとっつも読んどらんと言ってやった。そしたら帰っていきおった。ほい、ロン、糖蜜ヌガー、どうだ?」

ロンの顔がまた現れたので、ハグリッドがすすめた。

「いらない。気分が悪いから」ロンが弱々しく答えた。

「おれが育ててるもん、ちょいと見にこいや」

ハリーとハーマイオニーがお茶を飲み終わったのを見て、ハグリッドが誘った。

ハグリッドの小屋の裏にある小さな野菜畑には、ハリーが見たこともないような大きなかぼちゃが十数個あった。一つひとつが大岩のようだった。

「よぉく育っとろう？　ハロウィーンの祭り用だ……そのころまでにはいい大きさになるぞ」

ハグリッドは幸せそうだった。

「肥料はなにをやってるの？」とハリーが聞いた。

ハグリッドは肩越しにちらっと振り返り、だれもいないことを確かめた。

「その、やっとるもんは――ほれ――ちーっと手助けしてやっとる」

ハリーは、小屋の裏の壁に、ハグリッドのピンクの花模様の傘が立てかけてあるのを見た。ハリーは以前に、あることからこの傘が見かけとはかなりちがうものだと思ったことがあった。実は、ハグリッドの学生時代の杖《つえ》が中に隠されているような気がしてならない。ハグリッドは魔法を使ってはいけないことになっている。三年生のときにホグワーツを退学になったのだ。なぜなのか、ハリーにはいまだにわからない。なぜか――ちょっとでもそのことに触れると、ハグリッドは大きく咳《せき》ばらいをして、急に耳が聞こえなくなったように話題が変わるまで黙りこくってしまうのだ。

『肥《ふと》らせ魔法』じゃない？　とにかく、ハグリッドったら、とっても上手にやったわよね」

ハーマイオニーは半分は非難、半分は楽しんでいるような言い方をした。

「おまえさんの妹もそう言いおったよ」ハグリッドはロンに向かってうなずいた。

「つい昨日《きのう》会ったぞい」ハグリッドはひげをぴくぴくさせながらハリーを横目で見た。

「ぶらぶら歩いているだけだって言っとったがな、おれが思うにありゃ、この家でだれかさんとばったり会えるかもしれんって思っとったな」

ハグリッドはハリーにウィンクした。

「おれが思うに、あの子は欲しがるぞ、おまえさんのサイン入りの――」

「やめてくれよ」

ハリーがそう言うと、ロンはプーッと吹き出し、そこら中にナメクジをまき散らした。

「気ぃつけろ！」

ハグリッドは大声を出し、ロンを大切なかぼちゃから引き離した。

そろそろ昼食の時間だった。ハリーは夜明けからいままで、糖蜜ヌガーをひとかけら口にしただけだったので、早く学校にもどって食事をしたかった。ハグリッドに別れを告げ、三人は城へと歩いた。ロンはときどきしゃっくりをしたが、小さなナメクジが二匹出てきただけだった。

ひんやりした玄関ホールに足を踏み入れたとたん、声が響いた。

「ポッター、ウィーズリー、そこにいましたか」

マクゴナガル先生が厳しい表情でこちらに歩いてきた。

「二人とも、処罰は今夜になります」

「先生、僕たち、なにをするんでしょうか？」ロンがなんとかゲップを押し殺しながら聞いた。

「あなたは、フィルチさんと一緒にトロフィー室で銀磨きです。ウィーズリー、魔法はだめですよ。自分の力で磨くのです」

ロンは絶句した。管理人のアーガス・フィルチは学校中の生徒からひどく嫌われている。

「ポッター。あなたはロックハート先生がファンレターに返事を書くのを手伝いなさい」

「えーっ、そんな……僕もトロフィー室ではいけませんか？」

ハリーが絶望的な声で頼んだ。

「もちろんいけません」マクゴナガル先生は眉を吊り上げた。「ロックハート先生はあなたをとくにご指名です。二人とも、八時きっかりに」

ハリーとロンはがっくりと肩を落とし、うつむきながら大広間に入っていった。ハーマイオニーは「だって校則を破ったんでしょ」という顔をして後ろからついてきた。ハリーは、シェパード・パイを見ても思ったほど食欲がわかなかった。二人とも自分のほうが最悪の貧乏くじを引いてしまったと感じていた。

「フィルチは僕を一晩中放してくれないよ」ロンは滅入っていた。「魔法なしだなんて！　あそこには銀杯が百個はあるぜ。僕、マグル式の磨き方は苦手なんだよ」

「いつでも代わってやるよ。ダーズリーのところでさんざん訓練されてるから」ハリーも虚《うつ》ろな声を出した。「ロックハートにきたファンレターに返事を書くなんて……最低だよ……」

土曜日の午後はまるで溶けて消え去ったように過ぎ、あっという間に八時はあと五分後に迫っていた。ハリーは重い足を引きずり、三階の廊下を歩いてロックハートの部屋に着いた。ハリーは歯を食いしばり、ドアをノックした。

ドアはすぐにパッと開かれ、ロックハートがにっこりとハリーを見下ろした。

「おや、いたずら坊主のお出ましだ！　入りなさい。ハリー、さあ中へ」

壁には額入りのロックハートの写真が数え切れないほど飾ってあり、たくさんの蠟《ろう》燭《そく》に照らされて明るく輝いていた。サイン入りのものもいくつかあった。机の上には、写真がもうひと山、積み上げられていた。

「封筒に宛名を書かせてあげましょう！」

まるで、こんなすばらしいもてなしはないだろう、と言わんばかりだ。

「この最初のは、グラディス・ガージョン。幸いなるかな――私の大ファンでね」

時間はのろのろと過ぎた。ハリーはときどき「うー」とか「えー」とか「はー」とか言いながら、ロックハートの声を聞き流していた。耳に入ってきた台詞は、「ハリー、評判なんて気まぐれなものだよ」とか「有名人らしい行為をするから有名人なのだよ。覚えておきなさい」などだった。

蠟燭が燃えて、炎がだんだん低くなり、ハリーを見つめているロックハートの写真の顔の上で光が踊った。もう千枚目の封筒じゃないだろうかと思いながら、ハリーは痛む手を動かし、ベロニカ・スメスリーの住所を書いていた。――もうそろそろ帰ってもいい時間のはずだ――どうぞ、そろそろ時間になりますよう。……ハリーは惨《みじ》めな気持ちでそんなことを考えていた。

そのとき、なにかが聞こえた。――消えかかった蠟燭が吐き出す音ではなく、ロックハートがファン自慢をペチャクチャしゃべる話し声でもない。

それは声だった――骨の髄《ずい》まで凍らせるような声。息が止まるような、氷のように冷たい毒の声。

「くるんだ……俺様《おれさま》のところへ……引き裂いてやる……八つ裂きにしてやる……殺してやる……」

ハリーは飛び上がった。ベロニカ・スメスリーの住所の、丁目のところにライラック色の滲《にじ》みができた。

「なんだって？」ハリーが大声で言った。

「驚いたろう！　六か月連続ベストセラー入り！　新記録です！」ロックハートが答えた。

「そうじゃなくて、あの声！」ハリーは我を忘れてさけんだ。

「えっ？」ロックハートは不審そうに聞いた。「どの声？」

「あれです――いまのあの声です――聞こえなかったんですか？」

ロックハートは唖然《あぜん》としてハリーを見た。

「ハリー、いったいなんのことかね？　少しとろとろしてきたんじゃないのかい？　おやまぁ、こんな時間だ！　四時間近くここにいたのか！　信じられませんね。――矢のように時間が経ちましたね？」

ハリーは答えなかった。じっと耳を澄ませてもう一度あの声を聞こうとしていた。しかし、もうなんの音もしなかった。ロックハートが「処罰を受けるとき、いつもこんなにいい目にあうと期待してはいけないよ」とハリーに言っているだけだった。ハリーはぼうっとしたまま部屋を出た。

もう夜も更けていたので、グリフィンドールの談話室はがらんとしていた。ハリーはまっすぐ自分の部屋にもどった。ロンはまだもどっていなかった。ハリーはパジャマに着替え、ベッドに入ってロンを待った。三十分も経ったろうか、右腕をさすりさすり暗い部屋に銀磨き粉の強烈な臭いを漂わせながら、ロンがもどってきた。

「体中の筋肉が硬直しちゃったよ」

ベッドにドサリと身を横たえながらロンがうなった。

「クィディッチ杯を十四回も磨かされたんだぜ。やつがもういいって言うまで。そしたら今度はナメクジの発作さ。『学校に対する特別功労賞』の上にべっとりだよ。あのねとねとを拭《ふ》き取るのに時間のかかったこと……ロックハートはどうだった？」

ネビル、ディーン、シェーマスを起こさないように低い声で、ハリーは自分が聞いた声のことを、聞いたままにロンに話した。

「それで、ロックハートはその声が聞こえないって言ったのかい？」

月明かりの中で、ロンの顔が曇ったのがハリーにはわかった。

「ロックハートが嘘をついていたと思う？　でもわからないなあ――姿の見えないだれかだったとしても、ドアを開けないと声なんか聞こえないはずだし」とロンが言った。

「そうだよね」

四本柱のベッドに仰向けになり、ベッドの天蓋《てんがい》を見つめながらハリーがつぶやいた。

「僕にもわからない」

第8章　絶命日パーティ

十月がやってきた——校庭や城の中に湿った冷たい空気をまき散らしながら。校医のマダム・ポンフリーは、先生にも生徒にも急に風邪が流行し出して大忙しだった。校医特製の「元気爆発薬」はすぐに効いた。ただし、それを飲むと数時間は耳から煙を出し続けることになる。

このところずっと具合が悪そうだったジニー・ウィーズリーは、パーシーにむりやりこの薬を飲まされ、燃えるような赤毛の下からもくもく煙が上がって、まるで頭が火事になったようだった。

銃弾のような大きな雨粒が何日も続けて城の窓を打ち、湖は水かさを増し、花壇は泥の河のように流れ、ハグリッドの巨大かぼちゃはちょっとした物置小屋ぐらいに大きくふくれ上がった。しかし、オリバー・ウッドの定期練習熱は濡れも湿りもしなかった。だからこそ、ハロウィーンの数日前のある土曜日の午後、嵐の中をハリーは骨までずぶ濡れになり、泥撥《は》ねまみれでグリフィンドール塔へと歩いていたのだった。

雨や風のことは別にしても、今日の練習は楽しいとは言えなかった。スリザリン・チームを偵察に行ったフレッドとジョージが、その目で新型ニンバス２００１の速さを見てきたのだ。二人の報告では、スリザリン・チームはまるで垂直離着陸ジェット機のように、空中を縦横に突っ切る七つの緑の影としか見えなかったと言う。

人気のない廊下をガボガボと水音を響かせながら歩いていると、ハリーはだれかが自分と同じように物思いにふけっているのに気づいた。

「ほとんど首無しニック」。グリフィンドール塔に住むゴーストだった。ふさぎ込んで窓の外を眺めながら、ブツブツつぶやいている。

「……要件を満たさない……たったの一センチ、それ以下なのに……」

「やあ、ニック」ハリーが声をかけた。

「やあ、こんにちは」

ニックは不意を衝《つ》かれたように振り向いた。ニックは長い巻き毛の髪に派手な羽飾りのついた帽子をかぶり、ひだ襟《えり》のついた短い上着を着ていた。襟に隠れて、見た目には、首がほとんど完全に切り落とされているのがわからない。薄い煙のようなニックの姿を通して、ハリーは外の暗い空と激しい雨を見ることができた。

「お若いポッター君、心配事がありそうだね」

ニックはそう言いながら透明の手紙を折って、上着の内ポケットにしまい込んだ。

「お互いさまだね」ハリーが言った。

「いや」「ほとんど首無しニック」は優雅に手を振りながら言った。「たいしたことではありません……本気で入会したかったわけでは……ちょっと申し込んでみようかと。しかし、どうやら私《わたくし》は『要件を満たさない』」

言葉は軽快だったが、ニックの顔はとても辛《つら》そうだった。

「でも、こうは思いませんか？」

ニックは急にポケットから先ほどの手紙を引っ張り出し、堰《せき》を切ったように話し出した。

「切れない斧《おの》で首を四十五回も切りつけられたということだけでも、『首無し狩《がり》』に参加する資格があると……」

「あー、そうだね」ハリーは当然同意しないわけにはいかなかった。

「つまり、いっぺんにすっきりと切って欲しかったのは、首がすっぱりと落ちて欲しかったのは、だれでもない、この私《わたくし》なのですよ。そうしてくれれば、どれほど痛い目を見ずに、辱《はずか》しめを受けずにすんだことか。それなのに……」

「ほとんど首無しニック」は手紙をパッと振って開き、憤慨しながら読み上げた。

　当クラブでは、首がその体と別れた者だけに狩人としての入会を許可しております。貴殿にもおわかりいただけますごとく、さもなくば『首投げ騎馬戦』や『首ポロ』といった狩《かり》スポーツに参加することは不可能であります。したがいまして、まことに遺憾《いかん》ながら、貴殿は当方の要件を満たさない、とお知らせ申し上げる次第です。

敬具

パトリック・デレニー・ポドモア卿《きょう》

　憤然としたまま、ニックは手紙をしまい込んだ。

「たった一センチの筋と皮でつながっているだけの首ですよ。ハリー！　これなら十分斬首《ざんしゅ》されていると、普通ならそう考えるでしょう。しかし、なんたること、『すっぱり首無しポドモア卿』は、これでも十分ではないと言うのです」

「ほとんど首無しニック」は何度も深呼吸を繰り返し、やがて、ずっと落ち着いた調子でハリーに聞いた。

「ところで――君はどうしました？　なにか私《わたくし》にできることは？」

「ううん。どこかただでニンバス２００１を七本、手に入れられるところを知っていれば別だけど。対抗試合でスリ……」

ハリーの踝《くるぶし》のあたりから聞こえてくるかん高いニャーニャーという鳴き声で、言葉がかき消されてしまった。見下ろすと、ランプのような黄色い二つの目とばっちり目が合った。ミセス・ノリス――管理人のアーガス・フィルチが、生徒たちとの果てしなき戦いに、いわば助手として使っている骸骨《がいこつ》のような灰色猫だ。

「ハリー、早くここを立ち去るがよい」即座にニックが言った。

「フィルチは機嫌が悪い。風邪を引いた上、三年生のだれかが起こした爆発事故で、第五地下牢の天井一杯にカエルの脳みそがくっついてしまったものだから、フィルチは午前中ずっとそれを拭《ふ》き取っていた。もし君が、そこら中に泥をボトボト垂らしているのを見つけたら……」

「わかった」ハリーはミセス・ノリスの非難がましい目つきから逃れるように身を引いたが、遅かった。飼い主と性悪猫《しょうわるねこ》との間の不思議な絆を証明するかのように、その場に引き寄せられたアーガス・フィルチがハリーの右側の壁に掛かったタピストリーの裏から突然飛び出した。規則破りはいないかと鼻息も荒く、そこら中をぎょろぎょろ見回している。頭を分厚いタータンの襟巻《えりま》きでぐるぐる巻きにし、鼻は異常にどす赤かった。

「汚い！」フィルチがさけんだ。

ハリーのクィディッチのユニフォームから、泥水が滴《したた》り落ちて水溜りになっているのを指さし、頬をぴくぴく痙攣《けいれん》させ、両目が驚くほど飛び出していた。

「あっちもこっちもめちゃくちゃだ！　ええい、もうたくさんだ！　ポッター、ついてこい！」

ハリーは暗い顔で「ほとんど首無しニック」にさよならと手を振り、フィルチのあとについてまた階段を下りた。泥だらけの足跡が往復で二倍になった。

ハリーはフィルチの事務室に入ったことがなかった。そこは生徒たちがなるべく近寄らない場所でもあった。薄汚い窓のない部屋で、低い天井からぶら下がった石油ランプが一つ、部屋を照らしていた。魚のフライの匂いが、かすかにあたりに漂っているる。まわりの壁に沿って木製のファイル・キャビネットが並び、ラベルを見ると中には、フィルチが処罰した生徒一人ひとりの細かい記録が入っているようだ。フレッドとジョージはまるまる一つの引き出しを占領していた。

フィルチの机の後ろの壁には、ピカピカに磨き上げられた鎖や手枷《てかせ》が一揃い掛けられていた。生徒の足首を縛って天井から逆さ吊りにすることを許してほしいと、フィルチが事あるごとにダンブルドアに懇願していることは、みなが知っていた。

フィルチは机の上のインク瓶《びん》から羽根ペンを鷲《わし》づかみにし、羊皮紙《ようひし》を探してそこら中をひっかき回した。

「くそっ」フィルチは怒り狂って吐き出すように言った。

「煙の出ているドラゴンのでかい鼻クソ……カエルの脳みそ……ネズミの腸《はらわた》……もううんざりだ……見せしめにしてくれる……書類はどこだ……よし……」

フィルチは机の引き出しから大きな羊皮紙の巻紙を取り出し、目の前に広げ、インク瓶に長い黒い羽根ペンを突っ込んだ。

「名前……ハリー・ポッター……罪状……」

「ほんのちょっぴりの泥です！」ハリーが言った。

「そりゃ、おまえさんにはちょっぴりの泥でござんしょうよ。だけどこっちは一時間も余分に床をこすらなけりゃならないんだ！」

団子鼻からゾロッと垂れた鼻水を不快そうに震わせ、フィルチがさけんだ。

「罪状……城を汚した……ふさわしい判決……」

鼻水を拭《ふ》き拭き、フィルチは目をすがめてハリーを憎らしげに眺めた。ハリーは息をひそめて判決が下るのを待っていた。

フィルチがまさにペンを走らせようとしたとき、天井の上からバーン！　という音が聞こえ、石油ランプがカタカタ揺れた。

「ピーブズめ！」フィルチはうなり声を上げ、八つ当たり気味に羽根ペンを投げつけた。

「今度こそ取っ捕まえてやる。今度こそ！」

ハリーのほうを見向きもせず、フィルチはぶざまな走り方で事務室を出ていった。

ミセス・ノリスがその横を流れるように走った。

ピーブズはこの学校のポルターガイストだ。ニヤニヤしながら空中を漂い、大騒ぎを引き起こしたり、みんなを困らせるのを生き甲斐にしている厄介者《やっかいもの》だった。ハリーはピーブズが好きではなかったが、いまはそのタイミングのよさに感謝しないわけにはいかなかった。ピーブズがなにをしでかしたにせよ――あの音ではなにかとても大きな物を壊したようだ――フィルチがそちらに気を取られて、ハリーのことを忘れてくれるかもしれない。

フィルチがもどってくるまで待たなきゃいけないだろうなと思いながら、ハリーは机の脇にあった虫食いだらけの椅子にドサッと腰を下ろした。机の上には書きかけのハリーの書類のほかに、もう一つなにかが置いてあった。大きな、紫色の光沢のある封筒で、表に銀文字でなにか書いてある。ドアをちらりと見て、フィルチがもどってこないことを確かめてから、ハリーは封筒を取り上げて文字を読んだ。

クイックスペル（KWIKSPELL）
初心者のための
魔法速習通信講座

興味をそそられて、ハリーは封筒を指でポンとはじいて開け、中から羊皮紙《ようひし》の束を取り出した。最初のページには、丸みのある銀文字でこう書いてあった。

現代魔法の世界についていけないと、感じていませんか？
簡単な呪文もかけられないことで、言い訳に苦労していませんか？
杖《つえ》の使い方がなっていないと、冷やかされたことはありませんか？
おまかせください！

クイックスペルはまったく新しい、だれにでもできる、すぐに効果が上がる、楽な学習コースです。何百人という魔法使いや魔女がクイックスペル学習法に感謝しています！

トップシャムのマダム・Z・ネットルズのお手紙

「私は呪文がまったく覚えられず、私の魔法薬は家中の笑い者でした。でも、クイックスペル・コースを終えたあとは、パーティの花形はこの私！　友人が発光液の作り方を教えてくれと拝むようにして頼むのです」

ディズベリーのD・J・プロッド魔法戦士のお手紙

「妻は私の魔法呪文が弱々しいと嘲笑《あざわら》っていました。でも、貴校のすばらしいコースを一か月受けた後、見事、妻をヤクに変えてしまいました！　クイックスペル、ありがとう！」

ハリーはおもしろくなって、封筒の中身をパラパラめくった。――いったいどうしてフィルチはクイックスペル・コースを受けたいんだろう？　彼はちゃんとした魔法使いではないのだろうか？　ハリーは第一章を読んだ。「杖《つえ》の持ち方（大切なコツ）」。そのとき、ドアの外でフィルチがもどってくる足を引きずるような音がした。ハリーは羊皮紙《ようひし》を封筒にもどし、机の上に放り投げた。と同時にドアが開いた。

フィルチは勝ち誇っていた。

「あの『姿をくらます飾り棚』は非常に値打ちのあるものだった！」

フィルチはミセス・ノリスに向かっていかにもうれしそうに言った。

「なあ、おまえ、今度こそピーブズめを追い出せるなぁ」

フィルチの目がまずハリーに、それから矢のようにクイックスペルの封筒へと移った。ハリーは「しまった」と思った。封筒は元の位置から六十センチほどもずれたところにあった。

フィルチの青白い顔が、レンガのように赤くなった。フィルチの怒りが津波のように押し寄せるだろうと、ハリーは身構えた。フィルチは机のところまで不格好に歩き、封筒をさっと取ると引き出しに放り込んだ。

「おまえ、もう……読んだか？——」フィルチがブツブツ言った。

「いいえ」ハリーは急いで嘘をついた。

フィルチはごつごつした両手をしぼるようににぎり合わせた。

「おまえが、わたしの個人的な手紙を読むとわかっていたら……わたし宛の手紙ではないが……知り合いのものだが……それはそれとして……しかし……」

ハリーは唖然《あぜん》としてフィルチを見つめた。フィルチがこんなに怒ったのは見たことがない。目は飛び出し、垂れ下がった頬の片方がぴくぴく痙攣《けいれん》して、タータンチェックの襟巻《えりまき》までもが怒りの形相を際立たせていた。

「もういい……行け……一言も漏《も》らすな……もっとも……読まなかったのなら別だが……さあ、行くんだ。ピーブズの報告書を書かなければ……行け……」

なんて運がいいんだろうと驚きながら、ハリーは急いで部屋を出て廊下を渡り、上の階へともどった。なんの処罰もなしにフィルチの事務室を出られたなんて、開校以来の出来事かもしれない。

「ハリー！　ハリー！　うまくいったかい？」

「ほとんど首無しニック」が教室から滑るように現れた。その背後に金と黒の大きな飾り棚の残骸《ざんがい》が見えた。ずいぶん高いところから落とされた様子だった。

「ピーブズを焚《た》きつけて、フィルチの事務室の真上に墜落させたんですよ。そうすれば気を逸《そ》らすことができるのでは、と……」ニックは真剣な表情だった。

「君だったの？」ハリーは感謝を込めて言った。

「あぁ、とってもうまくいったよ。処罰も受けなかった。ありがとう、ニック！」

二人一緒に廊下を歩きながらハリーは、ニックがパトリック卿《きょう》の入会拒否の手紙をまだにぎりしめていることに気づいた。

「『首無し狩《がり》』のことだけど、僕になにかできることがあるといいのに」ハリーが言った。

「ほとんど首無しニック」が急に立ち止まったので、ハリーはもろにニックの中を通り抜けてしまった。まるで氷のシャワーを浴びたようだった。

「それが、していただけることがあるのですよ」ニックは興奮気味だった。「ハリー――もし、厚かましくなければ――でも、だめでしょう。そんなことはおいやでしょう……」

「なんなの？」

「えぇ、今度のハロウィーンが私《わたくし》の五百回目の絶命日《ぜつめいび》に当たるのです」

「ほとんど首無しニック」は背筋を伸ばして威厳たっぷりに言った。

「それは……」ハリーは悲しむべきか、喜ぶべきか戸惑った。「そうなんですか」

「私《わたくし》は広めの地下牢を一つ使って、パーティを開こうと思います。国中から知人が集まります。君が出席してくだされればどんなに光栄か。ミスター・ウィーズリーもミス・グレンジャーも、もちろん大歓迎です。――でも、おそらく学校のパーティのほうに行きたいと思われるでしょうね？」

ニックは緊張した様子でハリーを見た。

「そんなことないよ。僕、出席する……」ハリーはとっさに答えた。

「なんと！　ハリー・ポッターが私の絶命日パーティに！」

そう言ったあと、ニックは興奮しながらも遠慮がちに聞いた。

「よろしければ、私がいかに恐ろしくものすごいか、君からパトリック卿に言っていただけるとかは、もしかして可能でしょうか？」

「だ、大丈夫だよ」ハリーが答えた。

「ほとんど首無しニック」はにっこりほほえんだ。


ハリーがやっと着替えをすませ、談話室でロンやハーマイオニーにその話をすると、ハーマイオニーは夢中になった。

「絶命日パーティですって？　生きているうちに招かれた人って、そんなに多くないはずだわ――おもしろそう！」

「自分の死んだ日を祝うなんて、どういうわけ？」ロンは「魔法薬」の宿題が半分しか終わっていないので機嫌が悪かった。「死ぬほど落ち込みそうじゃないか……」

雨は相変わらず窓を打ち、外は墨のように暗くなっていた。しかし談話室は明るく、楽しさで満ちていた。暖炉の火がいくつもの座り心地のよい肱掛椅子《ひじかけいす》を照らし、生徒たちはそれぞれに読書したり、歓談したり、宿題をしたりしていた。フレッドとジョージは、火トカゲに「フィリバスターの長々《ながなが》花火」を食べさせたら、どうなるかを試していた。

フレッドは「魔法生物飼育学」のクラスから、火の中に住む、燃えるようなオレンジ色の火トカゲを〝助け出して〟きたのだと言う。火トカゲは、好奇心満々の生徒たちに囲まれてテーブルの上で、いまは静かにくすぶっていた。

ハリーはロンとハーマイオニーに、フィルチとクイックスペル・コースのことを話そうとした。そのとたん、火トカゲが急にヒュッと空中に飛び上がり、派手に火花を散らしてバンバン大きな音をたてながら、部屋中を猛烈な勢いでぐるぐる回りはじめた。パーシーは声をからしてフレッドとジョージをどなりつけ、火トカゲの口からは滝のようにオレンジ色の星が流れ出してすばらしい眺めになり、トカゲが爆発音とともに暖炉の火の中に逃げ込むなど、なんだかんだでフィルチのこともクィックスペルの封筒のことも、ハリーの頭から吹き飛んでしまった。

ハロウィーンが近づくにつれ、ハリーは絶命日パーティに出席するなどと、軽率に約束してしまったことを後悔しはじめた。他の生徒たちはハロウィーン・パーティを楽しみに待っていた。大広間はいつものように生きたコウモリで飾られ、ハグリッドの巨大かぼちゃはくり抜かれて、中におとな三人が十分座れるほど大きな提灯《ちょうちん》になった。ダンブルドア校長が余興用に「骸骨舞踏団《がいこつぶとうだん》」を予約したとの噂《うわさ》も流れた。

「約束は約束でしょ」ハーマイオニーは命令口調でハリーに言った。

「絶命日パーティに行くって、あなたそう言ったんだから」

そんなわけで、七時になるとハリー、ロン、ハーマイオニーの三人は、金の皿やキャンドルの吸い寄せるような輝きや大入り満員の大広間のドアの前を素通りし、みなとは反対に地下牢へと足を向けた。

「ほとんど首無しニック」のパーティへと続く道筋にも、キャンドルが立ち並んではいたが、とても楽しいムードとは言えなかった。ひょろりと長い真っ黒な細蠟燭《ろうそく》が真っ青な炎を上げ、生きている三人の顔にさえ仄《ほの》暗い幽《かす》かな光を投げかけていた。階段を一段下りるたびに温度が下がった。ハリーが身震いし、ローブを体にぴったり巻きつけたとき、巨大な黒板を千本の生爪で引っかくような音が聞こえてきた。

「あれが音楽のつもり？」ロンがささやいた。角を曲がると「ほとんど首無しニック」がビロードの黒幕を垂らした戸口のところに立っているのが見えた。

「親愛なる友よ」ニックが悲しげに挨拶した。

「これは、これは……このたびは、よくぞおいでくださいました……」

ニックは羽飾りの帽子をさっと脱いで、三人を中に招き入れるようにお辞儀《じぎ》をした。

信じられないような光景だった。地下牢は、何百という真珠のように白く半透明のゴーストでいっぱいだった。そのほとんどが、込み合ったダンス・フロアをふわふわ漂い、ワルツを踊っていた。黒幕で飾られた壇上では、オーケストラが三十本の鋸《のこぎり》でわなわな震える恐ろしい音楽を奏でている。頭上のシャンデリアは、さらに千本の黒い蠟燭《ろうそく》で群青色に輝いていた。まるで冷凍庫に入り込んだようで、三人の吐く息が鼻先に霧のように立ち上った。

「見て回ろうか？」ハリーは足を暖めたくてそう言った。

「だれかの体を通り抜けないように気をつけろよ」ロンが心配そうに言った。

三人はダンス・フロアの端を回り込むように歩いた。陰気な修道女の一団やボロ服に鎖を巻きつけた男がいて、ハッフルパフに住む陽気なゴーストの「太った修道士」は、額《ひたい》に矢を突き刺した騎士と話をしていた。スリザリンのゴーストで、全身銀色の血にまみれげっそりとした顔で睨《にら》んでいる「血《ち》みどろ男爵《だんしゃく》」を他のゴーストたちが遠巻きにしているのを見て、ハリーはそれも当然だと思った。

「あぁっ、いやだわ」ハーマイオニーが突然立ち止まった。「もどって、もどってよ。『嘆きのマートル』とは話したくないの……」

「だれだって？」急いで後もどりしながらハリーが聞いた。

「あの子、三階の女子トイレに取り憑《つ》いているの」ハーマイオニーが答えた。

「トイレに取り憑いてるって？」

「そうなの。去年一年間、トイレは壊れっぱなしだったわ。だって、あの子が癇癪《かんしゃく》を起こして、そこら中、水浸しにするんですもの。わたし、壊れてなくたってあそこには行かなかったわ。だって、あの子が泣いたりわめいたりしているトイレに行くなんて、とってもいやだもの」

「見て。食べ物だ」ロンが言った。

地下牢の反対側には長テーブルがあり、これにも真っ黒なビロードがかかっていた。三人は興味津々で近づいていったが、次の瞬間、ぞっとして立ちすくんだ。吐き気のするような臭いだ。しゃれた銀の盆に置かれた魚は腐り、銀の丸盆に山盛りのケーキは真っ黒焦げ、スコットランドの肉料理、ハギスの巨大な塊《かたまり》には蛆《うじ》がわいていた。厚切りチーズは毛が生えたように緑色のかびで覆われ、一段と高いところにある灰色の墓石の形をした巨大なケーキには、砂糖の代わりにコールタールのようなもので文字が書かれていた。

ニコラス・ド・ミムジー――ポーピントン卿《きょう》
一四九二年十月三十一日没

恰幅《かっぷく》のよいゴーストがテーブルに近づき、身をかがめながら大きく口を開け、テーブルの上で異臭を放つ鮭の中を通り抜けるようにしたのを、ハリーは驚きをもって見入った。

「食べ物を通り抜けると味がわかるの？」ハリーがそのゴーストに聞いた。

「まあね」ゴーストは悲しげにそう言うと、ふわふわ行ってしまった。

「つまり、より強い風味をつけるために腐らせたんだと思うわ」

ハーマイオニーは物知り顔でそう言いながら、鼻をつまんで、腐ったハギスをよく見ようと顔を近づけた。

「行こうよ。気分が悪い」ロンが言った。

三人が向きを変えるか変えないうちに、小男がテーブルの下から突然スイーッと現れて、三人の目の前で空中に浮かんだまま停止した。

「やあ、ピーブズ」ハリーは慎重に挨拶した。

まわりのゴーストは青白く透明なのに、ポルターガイストのピーブズは正反対だった。鮮やかなオレンジ色のパーティ用帽子をかぶり、くるくる回る蝶ネクタイをつけて意地の悪そうな大きな顔一杯にニヤニヤ笑いを浮かべていた。

「おつまみはどう？」

猫なで声で、ピーブズが深皿に入ったかびだらけのピーナッツを差し出した。

「いらないわ」ハーマイオニーが言った。

「おまえがかわいそうなマートルのことを話してるの、聞いたぞ」

ピーブズの目は踊っていた。

「おまえ、かわいそうなマートルにひどいことを言ったなぁ」

ピーブズは深く息を吸い込んでから、吐き出すようにわめいた。

「おおい！　マートル！」

「あぁ、ピーブズ、だめ。私が言ったこと、あの子に言わないで。じゃないと、あの子とっても気を悪くするわ」

ハーマイオニーは大あわてでささやいた。

「私、本気で言ったんじゃないのよ。私、気にしてないわ。あの子が……あら、こんにちは、マートル」

ずんぐりした女の子のゴーストがスルスルとやってきた。ハリーがこれまで見た中で一番陰気くさい顔をしていた。その顔も、だらーっと垂れた猫っ毛と分厚い乳白色のメガネの陰に半分隠れていた。

「なんなの？」マートルが仏頂面で言った。

「お元気？」ハーマイオニーがむりに明るい声を出した。「トイレの外でお会いできて、うれしいわ」

マートルはフンと鼻を鳴らした。

「ミス・グレンジャーがたったいまおまえのことを話してたよぉ……」

ピーブズがいたずらっぽくマートルに耳打ちした。

「あなたのこと――ただ――今夜のあなたはとっても素敵って言ってただけよ」

ハーマイオニーがピーブズを睨《にら》みつけながら言った。

マートルは「嘘でしょう」という目つきでハーマイオニーを見た。

「あなた、わたしのことからかってたんだわ」

向こうが透けて見えるマートルの小さな目から銀色の涙が見る見るあふれてきた。

「そうじゃない――ほんとよ――私、さっき、マートルが素敵だって言ってたわよね？」

ハーマイオニーはハリーとロンの脇腹を痛いほど小突《こづ》いた。

「ああ、そうだとも」

「そう言ってた……」

「嘘言ってもだめ」マートルは喉《のど》が詰まり、涙が滝のように頬を伝った。

ピーブズがマートルの肩越しに満足げにケタケタ笑っている。

「みんなが陰で、わたしのことなんて呼んでるか、知らないとでも思ってるの？　太っちょマートル、ブスのマートル、惨《みじ》め屋・うめき屋・ふさぎ屋マートル！」

「抜かしたよぅ、にきび面ってのを」ピーブズがマートルの耳元でひそひそとからかった。

「嘆《なげ》きのマートル」はとたんに苦しげにしゃくり上げ、地下牢から逃げるように出ていった。ピーブズはかびだらけのピーナツをマートルにぶっつけて、「にきび面！　にきび面！」とさけびながらマートルを追いかけていった。

「なんとまあ」ハーマイオニーが悲しそうに言った。

今度は「ほとんど首無しニック」が人込みをかき分けてふわふわやってきた。

「楽しんでいますか？」

「ええ」みんなで嘘をついた。

「ずいぶん集まってくれました」「ほとんど首無しニック」は誇らしげに言った。

「『めそめそ未亡人』は、はるばるケントからやってきました。……そろそろ私《わたくし》のスピーチの時間です。向こうに行ってオーケストラに準備させなければ……」

ところが、その瞬間、オーケストラが演奏をやめた。楽団員、それに地下牢にいた全員が狩《かり》の角笛が鳴り響く中、しんと静まり、興奮してまわりを見回した。

「あぁ、始まった」ニックが苦々しげに言った。

地下牢の壁から、十二騎の馬のゴーストが飛び出してきた。それぞれ首無しの騎手を乗せている。観衆が熱狂的な拍手を送った。ハリーも拍手しようと思ったが、ニックの顔を見てすぐに思いとどまった。

馬たちはダンス・フロアの真ん中までギャロップで走ってきて、前に突っ込んだり、後足立ちになったりして止まった。先頭の大柄なゴーストは、顎《あご》ひげを生やした自分の首を小脇に抱えていて、首が角笛を吹いていた。そのゴーストは馬から飛び降りると群集の頭越しになにか見るように、自分の首を高々と掲げた（みんな笑った）。それから「ほとんど首無しニック」のほうに大股で近づき、首を胴体にぐいと押し込むようにもどした。

「ニック！」吠えるような声だ。「元気かね？　首はまだぶら下がっておるのか？」

男は思い切り高笑いして、「ほとんど首無しニック」の肩をパンパンたたいた。

「ようこそ、パトリック」ニックが冷たく言った。

「生きてる連中だ！」

パトリック卿《きょう》がハリー、ロン、ハーマイオニーを見つけて、驚いたふりをしてわざと大げさに飛び上がった。狙いどおり、首がまた転げ落ちた（観衆は笑い転げた）。

「まことに愉快ですな」「ほとんど首無しニック」が沈んだ声で言った。

「ニックのことは、気にしたもうな！」床に落ちたパトリック卿の首がさけんだ。

「我々がニックを『狩《かり》クラブ』に入れないことを、まだ気に病んでいる！　しかし、要するに――彼を見れば――」

「あの――」ハリーはニックの意味ありげな目つきを見て、あわてて切り出した。

「ニックはとっても――恐ろしくて、それで――あの……」

「ははん！」パトリック卿の首がさけんだ。「そう言えと彼に頼まれたな！」

「みなさん、ご静粛《せいしゅく》に。一言、私《わたくし》からご挨拶を！」

「ほとんど首無しニック」が声を張り上げ、堂々と演壇に進み、壇上に登って、ひやりとするようなブルーのスポットライトを浴びた。

「お集まりの、いまは亡き、嘆げかわしき閣下、紳士、淑女の皆様。ここに私《わたくし》、心からの悲しみを持ちまして……」

そのあとはだれも聞いてはいなかった。パトリック卿と「首無し狩《がり》クラブ」のメンバーが、ちょうど首ホッケーを始めたところで、客はそちらに目を奪われていた。「ほとんど首無しニック」は聴衆の注意を取りもどそうと躍起になったが、パトリック卿の首がニックの横を飛んでいき、みんながワッと歓声を上げたので、すっかりあきらめてしまった。

ハリーはもう寒くてたまらなくなっていた。もちろん腹ぺこだった。

「僕、もうがまんできないよ」ロンがつぶやいた。

オーケストラがまた演奏を始め、ゴーストたちがスルスルとダンス・フロアにもどってきたときには、ロンは歯をガチガチ震わせていた。

「行こう」ハリーも同じ思いだった。

だれかと目が合うたびににっこりと会釈しながら、三人は後ずさりして出口へと向かった。ほどなく、三人は黒い蠟燭《ろうそく》の立ち並ぶ通路を、急いで元来た方向へと歩いていた。

「デザートがまだ残っているかもしれない」

玄関ホールに出る階段への道を先頭に立って歩きながら、ロンが祈るように言った。そのとき、ハリーにあの声が聞こえた。

「……引き裂いてやる……八つ裂きにしてやる……殺してやる……」

あの声だ。ロックハートの部屋で聞いたと同じ、冷たい、残忍な声。

ハリーはよろよろと立ち止まり、石の壁にすがりながら全身を耳にした。そして、仄暗《ほのぐら》い灯りに照らされた通路の隅から隅まで、目を細めてじっと見回した。

「ハリー、いったいなにを？……」

「またあの声なんだ。――ちょっと黙ってて――」

「……腹がへったぞー……こんなに長ぁい間……」

「ほら、聞こえる！」ハリーが急き込んで言った。ロンとハーマイオニーはハリーを見つめ、その場に凍りついたようになった。

「……殺してやる……殺すときがきた……」

声はだんだん幽《かす》かになってきた。ハリーには、それがたしかに移動していることがわかった。――上のほうに遠ざかっていく。暗い天井をじっと見上げながら、ハリーは恐怖と興奮の入り交じった気持ちで胸を締めつけられるようだった。どうやって上へ移動できるんだろう？　石の天井でさえなんの障害にもならない幻なのだろうか？

「こっちだ」

ハリーはそうさけぶと階段を駆け上がって玄関ホールに出た。しかし、そこではなにかを聞こうなど、とてもむりな注文だった。ハロウィーン・パーティの大勢の話し声が、大広間からホールまで響いていた。ハリーは大理石の階段を全速力で駆け上がり、二階に出た。ロンとハーマイオニーもバタバタとあとに続いた。

「ハリー、いったい僕たちなにを……」

「シーッ！」

ハリーは耳をそばだてた。遠く上の階から、ますます幽《かす》かになりながら、声が聞こえてきた。

「……血の臭いがする……血の臭いがするぞ！」

ハリーは胃がひっくり返りそうだった。

「だれかを殺すつもりだ！」

そうさけぶなり、ハリーはロンとハーマイオニーの当惑した顔を無視して、三階への階段を一度に三段ずつ飛ばして駆け上がった。その間も、自分の足音の響きにかき消されそうになる声を聞き取ろうとした。

ハリーは三階をくまなく飛び回った。ロンとハーマイオニーは息せき切って、ハリーのあとをついて回った。角を曲がり、最後のだれもいない廊下に出たとき、ハリーはやっと動くのをやめた。

「ハリー、いったいこれはどういうことだい？」ロンが額《ひたい》の汗を拭《ぬぐ》いながら聞いた。「僕にはなんにも聞こえなかった……」

しかし、ハーマイオニーは、ハッと息を呑《の》んで廊下の隅を指さした。

「見て！」

向こうの壁になにかが光っていた。三人は暗がりに目を凝らしながら、そっと近づいた。窓と窓の間の壁に、三十センチほどの大きさの文字が塗りつけられ、松明《たいまつ》に照らされてちらちらと鈍い光を放っていた。

秘密の部屋は開かれたり
継承者の敵よ、気をつけよ

「なんだろう――下にぶらさがっているのは？」ロンの声はかすかに震えていた。

じりじりと近寄りながら、ハリーは危うく滑りそうになった。床に大きな水溜りができている。ロンとハーマイオニーがハリーを受け止めた。文字に少しずつ近づきながら、三人は文字の下の暗い影に目を凝らした。一瞬にしてそれがなんなのか、三人ともわかった。とたんに三人はのけ反るように飛び退《の》き、水溜りの水を撥《は》ね上げた。

管理人の飼い猫、ミセス・ノリスだ。松明の腕木に尻尾をからませてぶら下がっている。板のように硬直し、目はカッと見開いたままだった。

しばらくの間、三人は動かなかった。

「ここを離れよう」突然、ロンが言った。

「助けてあげるべきじゃないかな……」ハリーが戸惑いながら言った。

「言うとおりにして」ロンが言った。「ここにいるところを見られないほうがいい」

すでに遅かった。遠い雷鳴のようなざわめきが聞こえた。パーティが終わったらしい。三人が立っている廊下の両側から、階段を上がってくる何百という足音、満腹で楽しげなさざめきが聞こえてくる。次の瞬間、生徒たちが廊下にわっと現れた。

前列にいた生徒がぶら下がった猫を見つけたとたん、話し声も、さざめきも、ガヤガヤも突然消えた。沈黙が生徒たちの群れに広がり、おぞましい光景を近くで見ようと押し合った。そのかたわらで、ハリー、ロン、ハーマイオニーは廊下の真ん中にぽつんと取り残されていた。

そのとき、静けさを破ってだれかがさけんだ。

「継承者の敵よ、気をつけよ！　次はおまえたちの番だぞ、『穢《けが》れた血《ち》』め！」

ドラコ・マルフォイだった。人垣を押しのけて最前列に進み出たマルフォイは、冷たい目に生気をみなぎらせ、いつもは血の気のない頬に赤みがさし、ぶら下がったままぴくりともしない猫を見てニヤッと笑った。

第9章　壁に書かれた文字

「なんだ、なんだ？　何事だ？」

マルフォイの大声に引き寄せられたにちがいない。アーガス・フィルチが肩で人込みを押し分けてやってきて、ミセス・ノリスを見たとたん、恐怖のあまりに手で顔を覆い、たじたじと後ずさりした。

「わたしの猫！　わたしの！　ミセス・ノリスになにが起こったというんだ？」

フィルチは金切り声でさけんだ。そしてフィルチの飛び出した目がハリーを見た。

「おまえだな！」さけび声は続いた。「おまえだ！　おまえがわたしの猫を殺したんだ！　あの子を殺したのはおまえだ！　おれがおまえを殺してやる！　おれが……」

「アーガス！」

ダンブルドアが数人の先生を従えて現場に到着した。ダンブルドアは、すばやくハリー、ロン、ハーマイオニーの横を通り抜け、ミセス・ノリスを松明《たいまつ》の腕木から外した。

「アーガス、一緒にきなさい。ミスター・ポッター、ミスター・ウィーズリー、ミス・グレンジャー。きみたちもおいで」ダンブルドアが呼びかけた。

ロックハートが勇み立って進み出た。

「校長先生、私《わたくし》の部屋が一番近いです――すぐ上です――どうぞご自由に――」

「ありがとう、ギルデロイ」

人垣が無言のままパッと左右に割れて、一行を通した。ロックハートは得意げに、興奮した面持ちでいそいそとダンブルドアのあとに従った。マクゴナガル先生もスネイプ先生もそれに続いた。

灯りの消えたロックハートの部屋に入ると、なにやら壁面があたふたと動いた。ハリーが目をやると、写真の中のロックハートが何人か、髪にカーラーを巻いたまま物陰に隠れた。本物のロックハートは机の蠟燭《ろうそく》を灯《とも》し、後ろに下がった。ダンブルドアは、ミセス・ノリスを磨きたてられた机の上に置き、調べはじめた。ハリー、ロン、ハーマイオニーは、緊張した面持ちで目を見交わし、蠟燭の灯りが届かない場所でぐったりと椅子に座り込み、じっと見つめていた。

ダンブルドアの折れ曲がった長い鼻の先が、あとちょっとでミセス・ノリスの毛にくっつきそうだった。長い指でそっと突ついたり刺激したりしながら、ダンブルドアは半月形のメガネを通してミセス・ノリスをくまなく調べている。マクゴナガル先生も身をかがめてほとんど同じくらいに近づき、目を凝らして見ていた。スネイプはその後ろに漠然と半分影の中に立って、なんとも奇妙な表情をしていた。まるで忍び笑いを必死で噛《か》み殺しているようだった。そしてロックハートとなると、みなのまわりをうろうろしながら、あれやこれやと意見を述べ立てていた。

「猫を殺したのは、呪いにちがいありません。――たぶん『異形変身拷問《いぎょうへんしんごうもん》』の呪いでしょう。何度も見たことがありますよ。私《わたくし》がその場に居合わせなかったのは、まことに残念。猫を救う、ぴったりの反対呪文を知っていましたのに……」

ロックハートの話の合いの手は、涙も枯れたフィルチの激しくしゃくり上げる声だった。机の横の椅子にがっくり座り込み、手で顔を覆ったままミセス・ノリスをまともに見ることさえできなかった。ハリーはフィルチが大嫌いだったが、このときばかりはちょっとかわいそうに思った。しかし、それどころではない。自分のほうがもっとかわいそうだ。もしダンブルドアがフィルチの言うことを真《ま》に受けたのなら、ハリーはまちがいなく退学になるだろう。

ダンブルドアはブツブツと不思議な言葉をつぶやき、ミセス・ノリスを杖《つえ》で軽くたたいた。しかし、何事も起こらない。ミセス・ノリスは、つい先日剥製《はくせい》になったばかりの猫のように見えた。

「――そう、非常によく似た事件がウグドゥグで起こったことがありました。次々と襲われる事件でしたね。私《わたくし》の自伝に一部始終書いてありますが。私が町の住人にいろいろな魔除けを授けましてね、あっという間に一件落着でした」

壁のロックハートの写真が本人の話に合わせていっせいにうなずいていた。一人はヘアネットを外すのを忘れている。

ダンブルドアがようやく体を起こし、やさしく言った。

「アーガス、猫は死んでおらんよ」

ロックハートは、これまで自分が未然に防いだ殺人事件の数を数えている最中だったが、あわてて数えるのをやめた。

「死んでない？」フィルチが声を詰まらせ、顔を覆った指の間からミセス・ノリスを覗《のぞ》き見た。「それじゃ、どうしてこんなに――固まって、冷たくなって？」

「石になっただけじゃ」ダンブルドアが答えた（「やっぱり！　私《わたくし》もそう思いました！」とロックハートが言った）。「ただし、どうしてそうなったのか、わしには答えられん……」

「あいつに聞いてくれ！」

フィルチは涙で汚れ、まだらに赤くなった顔でハリーを見た。

「二年生がこんなことをできるはずがない」ダンブルドアはきっぱりと言った。

「最も高度な闇の魔術をもってしてはじめて……」

「あいつがやったんだ。あいつだ！」

ぶくぶくたるんだ顔を真っ赤にして、フィルチは吐き出すように言った。

「あいつが壁に書いた文字を読んだでしょう！　あいつは見たんだ。――わたしの事務室で――あいつは知ってるんだ。わたしが……わたしが……」

フィルチの顔が苦しげに歪んだ。

「わたしができそこないの『スクイブ』だって知ってるんだ！」

フィルチがやっとのことで言葉を言い終えた。

「僕、ミセス・ノリスに指一本触れていません！」ハリーは大声で言った。

「それに、僕、スクイブがなんなのかも知りません」

ハリーはみんなの目が、壁のロックハートの写真の目さえが、自分に集まっているのをいやというほど感じていた。

「ばかな！」フィルチが歯噛《はが》みをした。「あいつはクイックスペルからきた手紙を見やがった！」

「校長、一言よろしいですかな」

影の中からスネイプの声がした。ハリーの不吉感がつのった。スネイプは断じてハリーに有利な発言はしないと、確信がある。

「ポッターもその仲間も、単に間《ま》が悪くその場に居合わせただけかもしれませんな」自分はそうは思わないとばかりに、スネイプは口元をかすかに歪めて冷笑していた。「とは言え、一連の疑わしい状況が存在します。だいたいこの連中はなぜ三階の廊下にいたのか？　なぜ三人はハロウィーンのパーティにいなかったのか？」

ハリー、ロン、ハーマイオニーはいっせいに「絶命日《ぜつめいび》パーティ」の説明を始めた。

「……ゴーストが何百人もいましたから――私たちがそこにいたと、証言してくれるでしょう――」

「それでは、そのあとパーティにこなかったのはなぜかね？」

スネイプの暗い目が蠟燭《ろうそく》の灯りでギラリと輝いた。

「なぜあの廊下に行ったのかね？」

ロンとハーマイオニーがハリーの顔を見た。

「それは――つまり――」

ハリーの心臓は早鐘のように鳴った。——自分にしか聞こえない、姿のない声を追っていったと答えれば、あまりにも唐突すぎる——ハリーはとっさにそう感じた。

「僕たち疲れたので、ベッドに行きたかったものですから」ハリーはそう答えた。

「夕食も食べずにか？」

スネイプは頬のこけ落ちた顔に、勝ち誇ったような笑いをちらつかせた。

「ゴーストのパーティで、生きた人間にふさわしい食べ物が出るとは思えんがね」

「僕たち、空腹ではありませんでした」

ロンが大声で言ったとたん、胃袋がゴロゴロ鳴った。

スネイプはますます底意地の悪い笑いを浮かべた。

「校長、ポッターが真っ正直に話しているとは言えませんな。すべてを正直に話す気になるまで、彼の権利を一部取り上げるのがよろしいかと存じます。我輩《わがはい》としては彼を、告白するまでグリフィンドールのクィディッチ・チームから外すのが適当かと思いますが」

「そうお思いですか、セブルス」マクゴナガル先生が鋭く切り込んだ。「私《わたくし》には、この子がクィディッチをするのを止める理由が見当たりませんね。この猫は箒《ほうき》の柄《え》で頭を打たれたわけではありません。ポッターが悪いことをしたという証拠はなに一つないのですよ」

ダンブルドアはハリーに探るような目を向けた。キラキラ輝く明るいブルーの目で見つめられると、まるでX線で映し出されるように感じられた。

「疑わしきは罰せずじゃよ、セブルス」ダンブルドアがきっぱり言った。

スネイプはひどく憤慨し、フィルチもまたそうだった。

「わたしの猫が石にされたんだ！　罰を受けさせなけりゃ収まらん！」

フィルチの目は飛び出し、声は金切り声だ。

「アーガス、君の猫は治してあげられますぞ」

ダンブルドアが穏やかに言った。

「スプラウト先生が、最近やっとマンドレイクを手に入れられてな。十分に成長したら、すぐにもミセス・ノリスを蘇生《そせい》させる薬を作らせましょうぞ」

「私《わたくし》がそれをお作りしましょう」

ロックハートが突然口を挟んだ。

「私は何百回作ったかわからないぐらいですよ。『マンドレイク回復薬』なんて、眠ってたって作れます」

「お伺いしますがね」スネイプが冷たく言った。「この学校では、我輩《わがはい》が『魔法薬』

の担当教師のはずだが」

とても気まずい沈黙が流れた。

「帰ってよろしい」ダンブルドアがハリー、ロン、ハーマイオニーに言った。

三人は走りこそしなかったが、その一歩手前の早足で、できるかぎり急いでその場を離れた。ロックハートの部屋の上の階まで上がり、だれもいない教室に入るとそっとドアを閉めた。暗くてよく顔が見えず、ハリーは目を凝らして二人を見た。

「あの声のこと、僕、みんなに話したほうがよかったと思う?」

「いや」ロンがきっぱりと言った。「だれにも聞こえない声が聞こえるのは、魔法界でも狂気の始まりだって思われてる」

ロンの口調が、ハリーにはちょっと気になった。

「君は僕のことを信じてくれてるよね?」

「もちろん、信じてるさ」ロンが急いで言った。「だけど――君も、薄気味悪いって思うだろ……」

「たしかに薄気味悪いよ。なにもかも気味の悪いことだらけだ。壁になんて書いてあった? 『部屋は開かれたり』……これ、どういう意味なんだろう?」

「ちょっと待って。なんだか思い出しそう」ロンが考えながら言った。

「だれかがそんな話をしてくれたことがある――ビルだったかもしれない。ホグワーツの秘密の部屋のことだ」

「それに、できそこないのスクイブっていったいなに？」ハリーが聞いた。

なにがおかしいのか、ロンはクックッと嘲笑《ちょうしょう》を噛《か》み殺した。

「あのね――本当はおかしいことじゃないんだけど――でも、それがフィルチだったもんで……。スクイブっていうのはね、魔法使いの家に生まれたのに魔力を持ってない人のことなんだ。マグルの家に生まれた魔法使いの逆かな。でも、スクイブってめったにいないけどね。もし、フィルチがクイックスペル・コースで魔法の勉強をしようとしてるなら、きっとスクイブだと思うな。これでいろんな謎が解けた。たとえば、どうして彼は生徒たちをあんなに憎んでいるか、なんてね」ロンは満足げに笑った。「妬《ねた》ましいんだ」

どこかで時計の鐘が鳴った。

「午前零時だ」ハリーが言った。「早くベッドに行かなきゃ。スネイプがやってきて、別なことで僕たちに罪を着せないうちにね」

それから数日は学校中が、ミセス・ノリスの襲われた話で持ち切りだった。犯人は現場にもどると考えたのかどうか、フィルチは猫が襲われた場所を往《い》ったり来たりすることで、みなの記憶を生々しいものにしていた。フィルチが文字を消そうと「ミセス・ゴシゴシの魔法万能汚れ落とし」で壁をこすっているのをハリーは見かけたが、効果はないようだった。文字は相変わらず石壁の上にありありと光を放っていた。犯行現場の見張りをしていないときのフィルチは、血走った目で廊下を徘徊《はいかい》し、油断している生徒を見つけては、「音を立てて息をした」とか「うれしそうだった」などと言いがかりをつけて、処罰に持ち込もうとした。

ジニー・ウィーズリーは、ミセス・ノリス事件でひどく心を乱されたようだった。ロンの話では、ジニーは無類の猫好きらしい。

「でも、ミセス・ノリスの本性を知らないからだよ」

ロンはジニーを元気づけようとした。

「はっきり言って、あんなのはいないほうがどんなにせいせいするか」

ジニーは唇を震わせた。

「こんなこと、ホグワーツでしょっちゅう起こりはしないから大丈夫」

ロンが請け合った。

「あんなことをしたへんてこりん野郎は、学校があっという間に捕まえて、ここから摘《つま》み出してくれるよ。できれば放り出される前に、ちょいとフィルチを石にしてくれりゃいいんだけど。あ、冗談、冗談――」

ジニーが真っ青になったのでロンはあわてて否定した。

事件の後遺症はハーマイオニーにも及んだ。ハーマイオニーが読書に長い時間を費やすのはいまに始まったことではない。しかし、いまや読書以外ほとんどなにもしなかった。なにをしているの、とハリーやロンが話しかけても、ろくに返事もしてくれなかった。なにをしているのかが、やっと次の水曜日になってわかった。

「魔法薬」の授業のあと、スネイプはハリーを居残らせて、机に貼りついたフジツボをこそげ落とすように言いつけた。遅くなった昼食を急いで食べ終えると、ハリーは図書室でロンに会おうと階段を上っていった。そのとき向こうからやってきたのがハッフルパフ寮のジャスティン・フィンチ‐フレッチリーで、ハリーは「薬草学」で一緒だったこともあって挨拶をしようと口を開きかけた。するとハリーの姿に気づいたジャスティンは、急に回れ右して反対の方向へ急ぎ足で行ってしまったのだ。

ロンは、図書室の奥のほうで「魔法史」の宿題の長さを計っていた。ビンズ先生の宿題は「中世におけるヨーロッパ魔法使い会議」について、一メートルの長さの作文を書くことだった。

「まさか。まだ二十センチも足りないなんて……」

ロンはぷりぷりして羊皮紙《ようひし》から手を離した。羊皮紙はまたくるりと丸まってしまった。

「ハーマイオニーなんか、もう一メートル四十センチも書いたんだぜ、しかも細かい字で」

「ハーマイオニーはどこ?」

ハリーも巻尺を無造作につかんで、自分の宿題の羊皮紙を広げながら聞いた。

「どっかあの辺だよ」ロンは書棚のあたりを指さした。

「また別の本を探してる。あいつ、クリスマスまでに図書室中の本を全部読んでしまうつもりじゃないのか」

ハリーはロンに、ジャスティン・フィンチ‐フレッチリーが逃げていったことを話した。

「なんでそんなことを気にするんだい。僕、あいつは、ちょっとまぬけだと思ってるよ」ロンはできるだけ大きい字で宿題を書きなぐりながら言った。「だってロックハートが偉大だとか、ばかみたいなことを言ってたじゃないか……」

ハーマイオニーが書棚と書棚の間からひょいと現れた。いらだっているようだったが、やっと二人と話す気になったらしい。

『ホグワーツの歴史』が全部貸し出されてるの」

ハーマイオニーは、ロンとハリーの隣に腰掛けた。

「しかも、あと二週間は予約でいっぱい。私のを家に置いてこなけりゃよかった。残念。でも、ロックハートの本で満杯だったから、トランクに入り切らなかったの」

「どうしてその本が欲しいの？」ハリーが聞いた。

「みんなが借りたがっている理由と同じよ。『秘密の部屋』の伝説を調べたいの」

「それ、なんなの？」ハリーは急き込んだ。

「まさに、その疑問よ。それがどうしても思い出せないの」ハーマイオニーは唇を噛《か》んだ。「しかもほかのどの本にも書いてないの――」

「ハーマイオニー、君の作文見せて」

ロンが時計を見ながら絶望的な声を出した。

「だめ。見せられない」ハーマイオニーは急に厳しくなった。「提出までに十日もあったじゃない」

「あとたった六センチなんだけどなぁ。いいよ、いいよ……」

ベルが鳴った。ロンとハーマイオニーはハリーの先に立って、二人で口げんかをしながら「魔法史」の授業に向かった。

「魔法史」は時間割の中で一番退屈な科目だった。担当のビンズ先生は、ただ一人のゴーストの先生で、唯一おもしろいのは、先生が毎回黒板を通り抜けて教室に現れることだった。しわしわの骨董品のような先生で、聞くところによれば、自分が死んだことにも気づかなかったらしい。ある日、立ち上がって授業に出かける際、生身の体を職員室の暖炉の前の肱掛椅子《ひじかけいす》に、そのまま置き忘れてきたと言う。それからも、先生の日課はちっとも変わっていないのだ。

今日もいつものように退屈だった。ビンズ先生はノートを開き、中古の電気掃除機のような一本調子の低い声で、ブーンブーンと読み上げはじめた。ほとんどクラス全員が催眠術にかかったようにぼうっとなり、ときどきハッと我に返っては、名前とか年号とかのノートを取る間だけ目を覚まし、またすぐ眠りに落ちるのだった。ハー

先生が三十分も読み上げ続けたころ、いままで一度もなかったことが起きた。ハーマイオニーが手を挙げたのだ。

ビンズ先生はちょうど、一二八九年の国際魔法戦士条約についての死にそうに退屈な講義の真っ最中だったが、ちらっと目を上げ、そして驚いたようにハーマイオニー

を見つめた。

「ミス――あー？」

「グレンジャーです。先生、『秘密の部屋』についてなにか教えていただけませんか」ハーマイオニーははっきりした声で言った。

口をポカンと開けて窓の外を眺めていたディーン・トーマスは、催眠状態から急に覚醒した。

両腕を枕にしていたラベンダー・ブラウンは頭を持ち上げ、ネビルの肘《ひじ》は机からガクッと滑り落ちた。

ビンズ先生は目を瞬《しばたた》いた。

「わたしがお教えしとるのは『魔法史』です」干からびた声で、先生がゼイゼイと言った。

「事実を教えとるのであって、ミス・グレンジャー、神話や伝説ではないのでありますぞ」

先生はコホンとチョークが折れるような小さな音を立てて咳《せき》をし、授業を続けた。

「同じ年の九月、サルジニア魔法使いの小委員会で……」

先生はここでつっかえた。ハーマイオニーの手がまた空中で揺れていた。

「ミス・グラント？」

「先生、お願いです。教えてください。伝説というのは、必ず事実に基づいているのではありませんか？」

ビンズ先生はハーマイオニーをじっと見つめた。その驚きようときたら、先生の授業を途中で遮《さえぎ》る生徒は、先生が生きている間も死んでからも、ただの一人もいなかったにちがいない。

「ふむ」ビンズ先生は考えながら言った。「然《しか》り、そんなふうにも言えましょう。たぶん」

先生はハーマイオニーをまじまじと見た。まるでいままで一度も生徒をまともに見たことがないかのように。

「しかしながらです。あなたがおっしゃるところの伝説はと言えば、これはまことに人騒がせなものであり、荒唐無稽《こうとうむけい》な話とさえ言えるものであり……」

しかし、いまやクラス全体がビンズ先生の一言一言に耳を傾けていた。先生は見るともなくぼんやりと生徒全員を見渡した。どの顔も先生のほうを向いている。こんなに興味を示されることなどかつてなかった先生が、完全にまごついているのがハリーにはわかった。

「あー、よろしい」先生が噛《か》みしめるように語り出した。

「さて……『秘密の部屋』とは……みなさんも知ってのとおり、ホグワーツは一千年以上も前――正確な年号は不明であるからにして――その当時の、最も偉大なる四人の魔女と魔法使いたちによって創設されたのであります。創設者の名前にちなみ、その四つの学寮《がくりょう》を次のように名づけたのであります。すなわち、ゴドリック・グリフィンドール、ヘルガ・ハッフルパフ、ロウェナ・レイブンクロー、そしてサラザール・スリザリン。彼らは詮索《せんさく》好きなマグルの目から遠く離れたこの地に、ともにこの城を築いたのであります。なぜならば、その時代には魔法は一般の人々の恐れるところであり、魔女や魔法使いは多大なる迫害を受けたからであります」

先生はここで一息入れ、漠然とクラス全体を見つめ、それから続きを話し出した。

「数年の間、創設者たちは和気藹々《わきあいあい》で、魔法力を示した若者たちを探し出しては、この城に誘《いざな》って教育したのであります。しかしながら、四人の間に意見の相違が出てきました。スリザリンと他の三人との亀裂は広がっていったのです。スリザリンは、ホグワーツには選別された生徒のみが入学を許されるべきだと考えた。魔法教育は、純粋に魔法族の家系にのみ与えられるべきだという信念を持ち、マグルの親を持つ生徒は学ぶ資格がないと考えて、入学させることを嫌ったのであります。しばらくして、この問題をめぐり、スリザリンとグリフィンドールが激しく言い争うこととなり、その結果として、スリザリンが学校を去ったのであります」

ビンズ先生はここでまたいったん口を閉じた。口をすぼめると、しわくちゃな年寄り亀のような顔になった。

「信頼できる歴史的資料はここまでしか語ってくれんのであります。しかしこうした真摯《しんし》な事実が、『秘密の部屋』という空想の伝説により、曖昧なものになっておる。スリザリンがこの城に、他の創設者にはまったく知られていない隠された部屋を作ったという話があります」

「その伝説によれば、スリザリンは『秘密の部屋』を密封し、この学校に彼の真の継承者が現れるときまで、何人《なんぴと》もその部屋を開けることができないようにしたと言う。その継承者のみが『秘密の部屋』の封印を解き、その中の恐怖を解き放ち、それを用いてこの学校から魔法を学ぶにふさわしからざる者を追放すると言う」

先生が語り終えると、沈黙が満ちた。だが、いつものビンズ先生の授業につきものの、眠気を誘う沈黙ではない。みなが先生を見つめ、もっと話してほしいという落ち着かない空気が漂っていた。ビンズ先生はかすかに困惑した様子を見せた。

「もちろん、すべては戯言《たわごと》であります。当然ながら、そのような部屋の証《あかし》を求め、最高の学識ある魔女や魔法使いが、何度もこの学校を探索したのでありますが、そのようなものは存在しなかったのであります。だまされやすい者を怖がらせる作り話であります」

ハーマイオニーの手がまた空中に挙がった。

「先生――『部屋の中の恐怖』というのは具体的にどういうことですか？」

「なんらかの怪物だと信じられており、スリザリンの継承者のみが、それを操ることができると言う」ビンズ先生は干からびたかん高い声で答えた。

生徒が怖々《こわごわ》互いに顔を見合わせた。

「言っておきましょう。そんなものは存在しない」ビンズ先生がノートをパラパラとめくりながら言った。「『部屋』などない、したがって怪物はおらん」

「でも、先生」シェーマス・フィネガンだ。「もし『部屋』がスリザリンの継承者によってのみ開けられるなら、ほかのだれも、それを見つけることはできない。そうでしょう？」

「ナンセンス。オッフラハーティ君」ビンズ先生の声がますます険しくなった。「男女を問わず、歴代のホグワーツの校長先生方が、なにも発見しなかったのだからして――」

「でも、ビンズ先生」パーバティ・パチルがキンキン声を出した。「そこを開けるのには、闇の魔術を使わないといけないのでは――」

「ミス・ペニーフェザー、闇の魔術を使わないからといって、使えないということにはならない」ビンズ先生がぴしゃっと言い返した。「繰り返しではありますが、もしダンブルドアのような方が――」

「でも、スリザリンと血がつながっていないといけないのでは……。ですから、ダンブルドアは――」

ディーン・トーマスがそう言いかけたところで、ビンズ先生はもうたくさんだとばかり、ぴしりと打ち切った。

「以上、おしまい。これは神話であります！　部屋は存在しない！　スリザリンが、部屋どころか、秘密の箒《ほうき》置き場さえ作った形跡はないのであります！　こんなばかげた作り話をお聞かせしたことを悔やんでおる。よろしければ歴史にもどることとする。実態のある、信ずるに足る、検証できる事実であるところの歴史に！」

ものの五分もしないうちに、クラス全員がいつもの無気力状態にもどってしまった。

「サラザール・スリザリンって、狂った変人だってこと、それは知ってたさ」

授業が終わり、夕食前に寮《りょう》にカバンを置きにいく生徒で廊下はごった返していたが、人込みをかき分けながらロンがハリーとハーマイオニーに話しかけた。

「でも、知らなかったなあ、例の純血主義のなんのってスリザリンが言い出したなんて。僕ならお金をもらったって、そんなやつの寮に入るもんか。はっきり言って、組分け帽子がもし僕をスリザリンに入れてたら、すぐ汽車に飛び乗ってまっすぐ家に帰ってたな……」

ハーマイオニーも「そう、そう」とうなずいたが、ハリーはなにも言わなかった。胃袋がドスンと落ち込んだような気持ちの悪さだった。

組分け帽子がハリーをスリザリンに入れることを本気で考えていたことを、ハリーはロンにもハーマイオニーにも一度も話していなかった。一年前、帽子をかぶったとき、ハリーの耳元で聞こえたささやき声を、ハリーは昨日のことのように覚えている。

「君は偉大になれる可能性があるんだよ。そのすべては君の頭の中にある。スリザリンに入ればまちがいなく偉大になる道が開ける……」

しかし、スリザリンが、多くの闇の魔法使いを卒業させたという評判を聞いていたハリーは、心の中で「スリザリンはだめ！」と必死で思い続けていた。すると帽子が「よろしい、君がそう確信しているなら……むしろ、グリフィンドール！」とさけんだのだった。

人波に流されていく途中、コリン・クリービーがそばを通った。

「やあ、ハリー！」

「やぁ、コリン」ハリーは機械的に答えた。

「ハリー、ハリー、僕のクラスの子が言ってたんだけど、君って……」

しかし、コリンは小さすぎて、人波に逆らえず、大広間のほうに流されていった。

「あとでね、ハリー！」とさけぶ声を残してコリンは行ってしまった。

「あの子のクラスの子があなたのこと、なんて言ってたのかしら？」ハーマイオニーが訝《いぶか》った。

「僕がスリザリンの継承者だとか言ってたんだろ」

昼食のあと、ジャスティン・フィンチ‐フレッチリーがハリーから逃げていった様子を急に思い出して、ハリーはまた数センチ胃が落ち込むような気がした。

「ここの連中ときたら、なんでも信じ込むんだから」ロンが吐き捨てた。混雑も一段落して、三人は楽に次の階段を上ることができた。「『秘密の部屋』があるって、君、本当にそう思う？」

ロンがハーマイオニーに問いかけた。

「わからないけど」ハーマイオニーは眉根にしわを寄せた。「ダンブルドアがミセス・ノリスを治してやれなかった。ということは、私、考えたんだけど、猫を襲ったのはもしかしたら――ヒトじゃないかもしれない」

ハーマイオニーがそう言ったとき、三人はちょうど角を曲がり、ずばりあの事件があった廊下の端に出た。三人は立ち止まって、あたりを見回した。現場はちょうど、あの夜と同じようだった。松明《たいまつ》の腕木に硬直した猫がぶら下がっていないことと、壁を背に椅子がぽつんと置かれていることだけが、あの夜とはちがっている。壁には「秘密の部屋は開かれたり」と書かれたままだ。

「あそこ、フィルチが見張ってるとこだ」ロンがつぶやいた。

廊下には人っ子一人いない。三人は顔を見合わせた。

「ちょっと調べたって悪くないだろ」

ハリーはカバンを放り出し、廊下に四つん這《ば》いになって、なにか手掛りはないかと探し回った。

「焼け焦げだ！　あっちにも――こっちにも――」ハリーが言った。

「きてみて！　変だわ……」ハーマイオニーが呼んだ。

ハリーは立ち上がり、壁の文字のすぐ横にある窓に近づいていった。ハーマイオニーは一番上の窓ガラスを指さしている。二十匹あまりのクモが、ガラスの小さな割れ目から先を争って這《は》い出そうとしていた。あわてたクモたちが全部同じ一本の綱を登っていったかのように、クモの糸が長い銀色の綱のように垂れ下がっている。

「クモがあんなふうに行動するのを見たことある？」ハーマイオニーが不思議そうに言った。

「ううん」ハリーが答えた。「ロン、君は？　ロン？」

ハリーが振り返ると、ロンはずっとかなたに立っていて、逃げ出したい思いを必死にこらえているようだった。

「どうしたんだい？」ハリーが聞いた。

「僕――クモ――好きじゃない」ロンの声が引きつっている。

「まあ、知らなかったわ」ハーマイオニーが驚いたようにロンを見た。「クモなんて、『魔法薬』で何回も使ったじゃない……」

「死んだやつならかまわないんだ」

ロンは、窓だけには目を向けないように、気をつかいながら言った。

「あいつらの動き方がいやなんだ……」

ハーマイオニーがクスクス笑った。

「なにがおかしいんだよ」ロンはむきになった。「わけを知りたいなら言うけど、僕が三つのとき、フレッドのおもちゃの箒《ほうき》の柄《え》を折ったんで、あいつったら僕の――僕のテディ・ベアをばかでかい大蜘蛛《おおぐも》に変えちゃったんだ。考えてもみろよ。いやだぜ。熊の縫いぐるみを抱いてるときに、急に肢《あし》がニョキニョキ生えてくるんだ。そして……」

ロンは身震いして言葉を途切らせた。ハーマイオニーは笑いをこらえているのが見え見えだ。ハリーは話題を変えたほうがよさそうだと見て取った。

「ねえ、床の水溜りのこと、覚えてる？　あれ、どっからきた水だろう。だれかが拭《ふ》き取っちゃったけど」

「このあたりだった」

ロンは気を取りなおして、フィルチの置いた椅子から数歩離れたところまで歩いていき、床を指さしながら言った。

っ込めた。

「このドアのところだった」

ロンは、真鍮《しんちゅう》の取っ手に手を伸ばしかけたが、火傷をしたかのように急に手を引っ込めた。

「どうしたの?」ハリーが聞いた。

「ここは入れない」ロンが困ったように言った。「女子トイレだ」

「あら、ロン。中にはだれもいないわよ」ハーマイオニーが立ち上がってやってきた。

「そこ、『嘆きのマートル』の場所だもの。いらっしゃい。覗《のぞ》いてみてみましょう」

「故障中」と大きく書かれた掲示を無視して、ハーマイオニーがドアを開けた。

ハリーはいままで、こんなに陰気で憂鬱《ゆううつ》なトイレに足を踏み入れたことがなかった。大きな鏡はひび割れだらけ染みだらけで、その前にあちこち縁《ふち》の欠けた石造りの手洗い台がずらりと並んでいる。床は湿っぽく、燭台《しょくだい》の中で燃え尽きそうになっている数本の蠟燭《ろうそく》が、鈍い灯りを床に映していた。一つひとつ区切られたトイレの小部屋の木の扉は、ペンキが剝《は》げ落ち引っかき傷だらけで、そのうちの一枚は蝶番《ちょうつがい》が外れてぶら下がっていた。

ハーマイオニーはシーッと指を唇に当て、一番奥の小部屋のほうに歩いていき、その前で「こんにちは、マートル。お元気？」と声をかけた。

ハリーとロンも覗きにいった。「嘆きのマートル」は、トイレの水槽《すいそう》の上でふわふわ浮きながら、顎《あご》のにきびをつぶしていた。

「ここは女子のトイレよ」

マートルはロンとハリーを胡散《うさん》くさそうに見た。

「この人たち、女じゃないわ」

「ええ、そうね」ハーマイオニーが相槌《あいづち》を打った。「私、この人たちに、ちょっと見せたかったの。つまり――えぇと――ここが素敵なとこだってね」

ハーマイオニーが古ぼけて薄汚れた鏡や、濡れた床のあたりを適当に指さした。

「なにか見なかったかって、聞いてみて」ハリーがハーマイオニーに耳打ちした。

「なにをこそこそしてるの？」マートルがハリーをじっと見た。

「なんでもないよ。僕たち聞きたいことが……」ハリーがあわてて言った。

「みんな、わたしの陰口言うの、やめてほしいの」マートルが涙で声を詰まらせた。「わたし、たしかに死んでるけど、感情はちゃんとあるのよ」

「マートル、だーれもあなたの気持ちを傷つけようなんて思ってないわ。ハリーはただ――」ハーマイオニーが言った。

「傷つけようと思ってないですって！ ご冗談でしょう！」マートルがわめいた。

「わたしの生きてる間の人生って、この学校で悲惨そのものだった。今度はみんなが、死んだわたしの人生を台無しにしようとやってくるのよ！」

「あなたが近ごろなにかおかしなものを見なかったかどうか、それを聞きたかっただけなの」ハーマイオニーが急いで聞いた。「あなたの玄関のちょうどドアの外で、ハロウィーンの日に猫が襲われたものだから」

「あの夜、このあたりでだれか見かけなかった？」ハリーも聞いた。

「そんなこと、気にしていられなかったわ」マートルは興奮気味に言った。

「ピーブズがあんまりひどいものだから、わたし、ここに入り込んで、自殺しようとしたの。そしたら、あたりまえなんだけど、急に思い出したの。わたしって――わたしって――」

「もう死んでた」ロンが助け舟を出した。

マートルは悲劇的なすすり泣きとともに空中に飛び上がり、向きを変えて真っ逆さまに便器の中に飛び込んだ。三人に水しぶきを浴びせ、マートルは姿を消した。しかし、くぐもったすすり泣きの聞こえてくる方向からして、トイレのU字溝のどこかでじっとしているらしい。

ハリーとロンは口をポカンと開けて突っ立っていたが、ハーマイオニーはやれやれという仕草をしながらこう言った。

「まったく、あれでもマートルにしては機嫌がいいほうなのよ……さあ、出ましょうか」

マートルのゴボゴボというすすり泣きを背に、ハリーがトイレのドアを閉めるか閉めないかするうちに大きな声が聞こえて、三人は飛び上がった。

「ロン！」

階段のてっぺんでパーシー・ウィーズリーがぴたっと立ち止まっていた。監督生《かんとくせい》のバッジをきらめかせ、徹底的に衝撃を受けた表情だった。

「そこは女子トイレだ！」パーシーが息を呑《の》んだ。

「君たち男子が、いったいなにを？――」

「ちょっと探してただけだよ」

ロンが肩をすぼめて、なんでもないという身振りをした。

「ほら、手掛かりをね……」

パーシーは体をふくらませた。ハリーはそれがウィーズリーおばさんそっくりだと思った。

「そこ――から――とっとと――離れるんだ」

パーシーは大股で近づいてきて、腕を振って三人を女子トイレから追い立てはじめた。「人が見たらどう思うかわからないのか？　みんなが夕食のテーブルに着いているのに、またここにもどってくるなんて……」

「なんで僕たちがここにいちゃいけないんだよ」ロンが熱くなった。急に立ち止まってパーシーを睨《にら》みつけた。「いいかい。僕たち、あの猫に指一本触れてないんだぞ！」

「僕もジニーにそう言ってやったよ」パーシーも語気を強めた。「だけど、あの子は、それでも君たちが退学処分になると思ってる。あんなに心を痛めて、目を泣き腫らしてるジニーを見るのははじめてだ。少しはあの子のことも考えてやれ。一年生はみんな、この事件で神経をすり減らしてるんだ――」

「兄さんはジニーのことを心配してるんじゃない」ロンの耳がいまや真っ赤になりつつあった。「兄さんが心配してるのは、首席になるチャンスを僕が台無しにするってことなんだ」

「グリフィンドール、五点減点！」

パーシーは監督生《かんとくせい》バッジを指でいじりながらぱしっと言った。

「これでおまえにはいい薬になるだろう。探偵ごっこはもうやめにしろ。さもないとママに手紙を書くぞ！」

パーシーは大股で歩き去ったが、その首筋はロンの耳に負けず劣らず真っ赤になっていた。

その夜の談話室で、ハリー、ロン、ハーマイオニーの三人はできるだけパーシーから離れた席を選んだ。ロンはまだ機嫌がなおらず、「妖精《ようせい》の呪文《じゅもん》」の宿題にインクの染みばかりを作っていた。インク染みを拭《ぬぐ》おうとロンが何気なく杖《つえ》に手を伸ばしたとき、杖が発火して羊皮紙《ようひし》が燃え出した。ロンも宿題と同じくらいにカッカと熱くなり、『基本呪文集・二学年用』をバタンと閉じてしまった。驚いたことに、ハーマイオニーもロンに「右ならえ」をした。

「だけどいったい何者かしら？」

ハーマイオニーの声は落ち着いていた。まるでそれまでの会話の続きのように自然だった。

「できそこないのスクイブや、マグル出身の子をホグワーツから追い出したいと願ってるのはだれ？」

「それでは考えてみましょう」ロンはわざと頭をひねってみせた。「我々の知っている人の中で、マグル生まれはくずだ、と思っている人物はだれでしょう？」

ロンはハーマイオニーの顔を見た。ハーマイオニーは、まさか、という顔でロンを見返した。

「もしかして、あなた、マルフォイのことを言ってるの――」

「モチのロンさ！」ロンが言った。「あいつが言ったこと聞いたろう？『次はおまえたちだぞ、『穢《けが》れた血《ち》』め！』って。しっかりしろよ。あいつの腐ったネズミ顔を見ただけで、あいつだってわかりそうなもんだろ」

「マルフォイが、スリザリンの継承者？」

ハーマイオニーが、それは疑わしいという顔をした。

「あいつの家族を見てくれよ」ハリーも教科書をパタンと閉じた。「あの家系は全部スリザリン出身だ。あいつ、いつもそれを自慢してる。あいつらならスリザリンの末《まっ》裔《えい》だっておかしくはない。あの父親もどこから見たって悪玉だ」

「あいつらなら、何世紀も『秘密の部屋』の鍵を預かっていたかもしれない。親から子へ代々伝えて……」ロンが言った。

「そうね」ハーマイオニーは慎重だ。「その可能性はあると思うわ……」

「でも、どうやって証明する？」ハリーの顔が曇った。

「方法がないことはないわ」

ハーマイオニーは考えながら話した。そして、一段と声を落とし、部屋の向こうにいるパーシーを盗み見ながら言った。

「もちろん難しいの。それに危険だわ、とっても。学校の規則をざっと五十は破ることになるわね」

「あと一か月くらいして、もし君が説明してもいいというお気持ちにおなりになったら、そのときは僕たちにご連絡くださいませ、だ」ロンはいらついて言った。

「承知しました、だ」ハーマイオニーが冷たく返した。

「なにをやらなければならないかと言うとね、私たちがスリザリンの談話室に入り込んで、マルフォイに正体を気づかれずにいくつか質問することなのよ」

「だけど、不可能だよ」ハリーが言い、ロンは笑った。

「いいえ、そんなことないわ」ハーマイオニーは自信ありげだ。「ポリジュース薬が少し必要なだけよ」

「なに、それ？」ロンとハリーが同時にたずねた。

「数週間前、スネイプが授業で話してた――」

「『魔法薬』の授業中に、僕たち、スネイプの話を聞いてると思ってるの？　もっとましなことをやってるよ」ロンがブツブツ言った。

「自分以外のだれかに変身できる薬なの。考えてもみてよ！　私たち三人で、スリザリンのだれか三人に変身するの。だれも私たちの正体を知らない。マルフォイはたぶん、なんでも話してくれるわ。いまごろ、スリザリン寮の談話室で、マルフォイがその自慢話の真っ最中かもしれない。それさえ聞ければ」

「そのポリなんとかって、少し危なっかしいな」ロンがしかめ面をした。「もし、元にもどれなくて、永久にスリザリンのだれか三人の姿のままだったらどうする？」

「しばらくすると効き目は切れるの」ハーマイオニーがもどかしげに手を振った。「むしろ材料を手に入れるほうがとっても難しい。『最も強力な薬』という本にそれが書いてあるって、スネイプがそう言ってたわ。その本、きっと図書室の『禁書』の棚にあるはずだわ」

「禁書」の棚の本を持ち出す方法はたった一つ、先生のサイン入りの許可証をもらうことだった。

「でも、薬を作るつもりはないけど、そんな本が読みたいって言ったら、そりゃ変だと思われるだろう？」ロンが言った。

「たぶん」ハーマイオニーはかまわず続けた。「理論的な興味だけなんだって思い込ませれば、もしかしたらうまくいくかも……」

「なぁに言ってるんだか。先生だってそんなに甘くないぜ」ロンが言った。「――でも……だまされるとしたら、よっぽど鈍い先生だな……」

第10章　狂ったブラッジャー

ピクシー小妖精の惨《みじ》めな事件以来、ロックハート先生は教室に生き物を持ってこなくなった。その代わり、自分の著書を拾い読みし、ときにはその中でも劇的な場面を演じて見せた。場面を再現する際は、たいていハリーを指名して自分の相手役を務めさせた。これまでハリーがむりやり演じさせられた役は、「おしゃべりの呪い」を解いてもらったトランシルバニアの田舎者、鼻かぜをひいた雪男、ロックハートにやっつけられてからレタスしか食べなくなった吸血鬼などだ。

今日の「闇の魔術に対する防衛術」の授業でも、ハリーはまたもやみなの前に引っ張り出され、狼男をやらされることになった。今日はロックハートを上機嫌にさせておかなければならないという退《の》っ引《ぴ》きならない理由がなければ、こんな役、ハリーは断るところだ。

「ハリー。大きく吠《ほ》えて――そう、そう――そしてですね、信じられないかもしれないが、私《わたくし》は飛びかかった――こんなふうに――相手を床にたたきつけた――こうして――片手でなんとか押さえつけ――もう一方の手で杖《つえ》を喉元《のどもと》に突きつけ――それから残った力を振りしぼって非常に複雑な『異形戻《いぎょうもど》しの術《じゅつ》』をかけた。――敵は哀れなうめき声を上げ――ハリー、さあうめいて――もっと高い声で――そう――毛が抜け落ち――牙《きば》は縮み――そいつはヒトの姿にもどった。簡単だが効果的だ。――こうしてその村も、満月のたびに狼男に襲われる恐怖から救われ、私を永久に英雄と称えることになったわけです」

終業のベルが鳴り、ロックハートは立ち上がった。

「宿題。ワガワガの狼男が私《わたくし》に敗北したことについての詩を書くこと！　一番よく書けた生徒にはサイン入りの『私はマジックだ』を進呈！」

教室から生徒たちが出ていきはじめた。ハリーは教室の一番後ろにもどって、そこで待機していたロン、ハーマイオニーと一緒になった。

「用意は？」ハリーがつぶやいた。

「みんないなくなるまで待つのよ」ハーマイオニーは神経をぴりぴりさせていた。

「いいわ……」

ハーマイオニーは紙切れを一枚しっかりとにぎりしめ、ロックハートのデスクに近づいていった。ハリーとロンがすぐあとから続いた。

「あの――ロックハート先生？」ハーマイオニーは口ごもった。

「私、あの――図書室からこの本を借りたいんです。参考に読むだけです」

ハーマイオニーは紙を差し出した。かすかに手が震えている。

「問題は、これが『禁書』の棚にあって、それで、どなたか先生にサインをいただかないといけないんです。――先生の『グールお化けとのクールな散策』に出てくる、ゆっくり効く毒薬を理解するのに、きっと役に立つと思います……」

「あぁ、『グールお化けとのクールな散策』ね！」ロックハートは紙を受け取り、ハーマイオニーににっこりと笑いかけながら言った。「私の一番のお気に入りの本と言えるかもしれない。おもしろかった？」

「はい。先生」ハーマイオニーが熱を込めて答えた。「本当にすばらしいわ。先生が最後のグールを、茶濾《ちゃこ》しで引っかけるやり方なんて……」

「そうね、学年の最優秀生をちょっと応援してあげても、だれも文句は言わないでしょう」

ロックハートはにこやかにそう言うと、とてつもなく大きい孔雀《くじゃく》の羽根ペンを取り出した。

「どうです。素敵でしょう？」ロンの呆《あき》れ返った顔をどう勘違いしたか、ロックハートはそう言った。「これは、いつもは本のサイン用なんですがね」

びっくりするほど大きい丸文字ですらすらとサインをし、ロックハートはそれをハーマイオニーに返した。

ハーマイオニーがもたもたしながら受け取った紙を丸めカバンに滑り込ませている間、ロックハートがハリーに話しかけた。

「で、ハリー。明日はシーズン最初のクィディッチ試合だね？　グリフィンドール対スリザリン。そうでしょう？　君はなかなか役に立つ選手だって聞いてるよ。私もシーカーだった。ナショナル・チームに入らないかと誘いも受けたんだがね。闇の魔力の根絶に生涯を捧げる生き方を選んだんだよ。しかし、軽い個人練習が必要とあらば、ご遠慮なくね。いつでも喜んで能力の劣る選手に経験を伝授しますよ……」

ハリーは喉《のど》から曖昧な音を出し、急いでロンやハーマイオニーのあとを追った。

「信じられないよ」三人でサインを確認しながら、ハリーが言った。「僕たちがなんの本を借りるのか、見もしなかったよ」

「そりゃあいつ、能なしだもの。どうでもいいけど――僕たちは欲しいものを手に入れたんだし」ロンが言った。

「能なしなんかじゃないわ」図書室に向かって半分走りながら、ハーマイオニーが抗議した。

「君が学年で最優秀の生徒だって、あいつがそう言ったからね……」

図書室の押し殺したような静けさの中で、三人とも声をひそめた。

司書のマダム・ピンスはやせて怒りっぽく、飢えたハゲタカのような人だった。

「『最も強力な魔法薬』?」マダム・ピンスは疑わしげにもう一度聞き返し、許可証をハーマイオニーから受け取ろうとした。しかし、ハーマイオニーは離さない。

「これ、私が持っていてもいいでしょうか」息をはずませ、ハーマイオニーが頼んだ。

「やめろよ」ハーマイオニーがしっかりつかんだ紙を、ロンがむしり取ってマダム・ピンスに差し出した。「サインならまたもらってあげるよ。ロックハートときたら、サインする間だけじっとしてる物なら、なんにでもサインするよ」

マダム・ピンスは、偽物ならなにがなんでも見破ってやると言わんばかりに、紙を明かりに透《す》かして見た。しかし、検査は無事通過だった。見上げるような書棚の間を、マダム・ピンスはつんとして闊歩《かっぽ》し、数分後には大きなかび臭そうな本を持ってきた。ハーマイオニーが大切そうにそれをカバンに入れ、三人は、あまりあわてた歩き方に見えないよう後ろめたそうに見えないよう気をつけながら、その場を離れた。

五分後、三人は「嘆きのマートル」の「故障中」のトイレにふたたび立てこもっていた。ハーマイオニーがロンの異議を却下したのだ。――まともな神経の人はこんなところには絶対こない。だから私たちのプライバシーが保証される――というのが理由だった。

「嘆きのマートル」は自分の小部屋でうるさく泣きわめいていたが、三人はマートルを無視し、マートルもまた三人を無視した。

ハーマイオニーは『最も強力な魔法薬』を大事そうに開き、湿って染みだらけのページを三人は覆いかぶさるように覗《のぞ》き込んだ。ちょっと見ただけでも、この本がなぜ「禁書」なのかは明らかだった。身の毛のよだつような結果をもたらす魔法薬がいくつかあったし、気持ちが悪くなるような挿絵も描いてある。たとえば体の内側と外側がひっくり返ったヒトの絵や、頭から腕が数本生えている魔女の絵などだ。

「あったわ」ハーマイオニーが興奮した顔で「ポリジュース薬」という題のついたページを指した。そこには他人に変身していく途中のイラストがあった。挿絵の表情がとても痛そうだった。これを描いた画家がそんなふうに想像しただけでありますように、とハリーは心から願った。

「こんなに複雑な魔法薬は、はじめてお目にかかるわ」

三人で薬の材料にざっと目を通しながら、ハーマイオニーが言った。

「クサカゲロウ、ヒル、満月草にニワヤナギ」ハーマイオニーは、材料のリストを指で追いながらブツブツひとり言をつぶやいた。

「うん、こんなのは簡単ね。生徒用の材料棚にあるから、自分で勝手に取れるわ。ううっ、見てよ。二角獣の角《つの》の粉末――これ、どこで手に入れたらいいかわからないわ。……毒ツルヘビの皮の千切り――これも難しいわね。――それに、当然だけど、変身したい相手の一部」

「なんだって?」ロンが鋭く聞いた。「どういう意味、変身したい相手の一部って? 僕、クラッブの足の爪なんか入ってたら、絶対飲まないからね」

ハーマイオニーはなんにも聞こえなかったかのように話し続けた。

「でも、それはまだ心配する必要はないわ。最後に入れればいいんだから……」

ロンは絶句してハリーを見たが、ハリーは別なことを心配していた。

「ハーマイオニー、どんなにいろいろ盗まなきゃならないか、わかってる? 毒ツルヘビの皮の千切りなんて、生徒用の棚には絶対あるわけないし。どうするの？　スネイプの個人用の保管倉庫に盗みに入るの？　うまくいかない気がする……」

ハーマイオニーは本をピシャッと閉じた。

「そう。二人とも怖《お》じ気《け》づいて、やめるって言うなら、結構よ」ハーマイオニーの頬はパーッと赤みが差し、目はいつもよりキラキラしている。

「私は規則を破りたくない。わかってるでしょう。だけどマグル生まれの者を脅迫するなんて、ややこしい魔法薬を密造するよりずっと悪いことだと思うの。でも、二人ともマルフォイがやってるのかどうか知りたくないって言うんなら、これからまっすぐマダム・ピンスのところへ行ってこの本をお返ししてくるわ……」

「僕たちに規則を破れって、君が説教する日がこようとは思わなかったぜ」ロンが、降参というように言った。

「わかった。やるよ。だけど、足の爪だけは勘弁してくれ。いいかい？」

「でも、造るのにどのぐらいかかるの？」

ハーマイオニーが機嫌をなおしてまた本を開いたところで、ハリーがたずねた。

「そうね。満月草は満月のときに摘まなきゃならないし、クサカゲロウは二十一日間煎じる必要があるから……そう、材料が全部手に入れば、だいたい一か月ででき上がると思うわ」

「一か月も？　マルフォイはその間に学校中のマグル生まれの半分を襲ってしまうよ！」とロンが言ったとたん、ハーマイオニーの目がまた吊り上がってきたのであわててつけ足した。「でもいまのとこ、それがベストの計画だな。全速前進だ」

そうは言いながらトイレを出る際、ハーマイオニーがだれもいないことを確かめている間にロンがハリーにささやいた。

「明日、君がマルフォイを箒《ほうき》からたたき落としゃ、ずっと手間が省けるぜ」


土曜日の朝、ハリーは早々と目が覚めて、しばらく横になったまま、これからのクィディッチ試合のことを考えていた。グリフィンドールが負けたらウッドがなんと言うか、それが一番心配だった。しかもその上、金にものを言わせて買った競技用最高速度の箒《ほうき》にまたがったチームと対戦するかと思うと、落ち着かなかった。スリザリンを負かしてやりたいと、いまほど強く願ったことはなかった。腸《はらわた》がよじれるような思いで小一時間横になっていたが、起き出して服を着、早めの朝食に下りていった。グリフィンドール・チームの他の選手もすでにきていて、だれもいない長テーブルに塊《かたまり》になって座っていた。だれもが緊張した面持ちで、口数も少なかった。

十一時が近づき、学校中がクィディッチ競技場へと向かいはじめた。なんだか蒸し暑く、雷でもきそうな気配だった。ハリーが更衣室に入ろうとすると、ロンとハーマイオニーが急いでやってきて「幸運を祈る」と元気づけた。選手はグリフィンドールの真紅のユニフォームに着替えて座り、お定《さだ》まりのウッドの激励演説を聞いた。

「スリザリンには我々より優れた箒がある」ウッドの第一声だ。

「それは、否定すべくもない。しかしだ、我々の箒にはより優れた乗り手がいる。我々は敵より厳しい練習をしてきた。我々はどんな天候でも空を飛んだ――」

（「まったくだ」ジョージ・ウィーズリーがつぶやいた。「おれなんか八月からずっと、ちゃんと乾いてたためしがないぜ」）

「――そして、あの小賢《こざか》しいねちねち野郎のマルフォイが、金の力でチームに入るのを許したその日を、連中に後悔させてやるんだ」

感きわまって胸を波打たせながら、ウッドはハリーのほうを向いた。

「ハリー、君次第だぞ。シーカーの資格は、金持ちの父親だけではだめなんだと目にもの見せてやれ。マルフォイより先にスニッチをつかめ。然《しか》らずんば死あるのみだ、ハリー。なぜならば、我々は今日は勝たねばならないのだ。なにがなんでも」

「だからこそ、プレッシャーを感じるなよ、ハリー」フレッドがハリーにウィンクした。

グリフィンドール選手がピッチに入場すると、ワーッというどよめきが起こった。ほとんどが声援だった。レイブンクローもハッフルパフも、スリザリンが負けるところを見たくてたまらないのだ。それでも群衆の中からは、スリザリン生のブーイングや野次もしっかり聞こえてきた。クィディッチを教えるマダム・フーチが、フリントとウッドに握手をするよう指示した。二人は握手をしたまま互いに威嚇《いかく》するように睨《にら》み合い、必要以上に固く相手の手をにぎりしめた。

「笛が鳴ったら開始」マダム・フーチが合図した。「いち――に――さん」

観客の歓声にあおられるように、十四人の選手が鉛色の空に高々と飛翔《ひしょう》した。ハリーはだれよりも高く舞い上がり、スニッチを探して四方に目を凝らした。

「調子はどうだい？　傷モノ君」

マルフォイが箒《ほうき》のスピードを見せつけるように、ハリーのすぐ下を飛び去りながらさけんだ。

ハリーは答える余裕がなかった。ちょうどそのとき、真っ黒の重いブラッジャーがハリーをめがけて突進してきたからだ。間一髪かわしたが、ハリーの髪が逆立つほど近くをかすめた。

「危なかったな！　ハリー」ジョージが棍棒《こんぼう》を手に、ハリーのそばを猛スピードで通り過ぎ、ブラッジャーをスリザリンめがけて打ち返そうとした。ジョージがエイドリアン・ピュシーめがけて強烈にガツンとブラッジャーをたたくのを、ハリーは見ていた。ところが、ブラッジャーは途中で向きを変え、またしてもハリーめがけてまっしぐらに飛んできた。

ハリーはひょいと急降下してかわし、ジョージがそれをマルフォイめがけて強打した。ところが、今度もブラッジャーはブーメランのように曲線を描いてハリーの頭を狙い撃ってきた。

ハリーはスピード全開で、ピッチの反対側めがけてビュンビュン飛んだ。ブラッジャーがあとを追って、ビュービュー飛んでくる音が、ハリーの耳に入った。

――いったいどうなってるんだろう？　ブラッジャーがこんなふうに一人の選手だけを狙うなんてことはなかった。なるべくたくさんの選手を振り落とすのがブラッジャーの役目のはずなのに……。

ピッチの反対側でフレッド・ウィーズリーが待ち構えていた。フレッドが力まかせにブラッジャーをかっ飛ばした。それにぶつからないよう、ハリーは身をかわし、ブラッジャーは逸《そ》れていった。

「やっつけたぞ！」

フレッドが満足げにさけんだ。だが、そうではなかった。まるでハリーに磁力で引きつけられるかのように、ブラッジャーはまたもやハリーめがけて突進してくる。しかたなくハリーは全速力でそこから離れた。

雨が降り出した。大粒の雨がハリーの顔に降りかかり、メガネをピシャピシャと打った。いったいゲームそのものはどうなっているのか、ハリーにはさっぱりわからない。解説者のリー・ジョーダンの声が聞こえてきた。

「スリザリン、リードです。六〇対〇」

スリザリンの高級箒《ぼうき》の力が明らかに発揮されていた。狂ったブラッジャーが、ハリーを空中からたたき落とそうと全力で狙ってくるので、フレッドとジョージがハリーすれすれに飛び回り、ハリーの目には二人がブンブン振り回す腕しか映らなかった。スニッチを捕まえるどころか、探すこともできない。

「だれかが――この――ブラッジャーに――いたずらしたんだ――」またしてもハリーに攻撃を仕掛けるブラッジャーを全力でたたきつけながらフレッドがうなった。

「タイムアウトが必要だ」

ジョージは、ウッドにサインを送りながら、同時にハリーの鼻をへし折ろうとするブラッジャーを食い止めようとした。

ウッドがサインを理解した。マダム・フーチのホイッスルが鳴り響き、ハリー、フレッド、ジョージの三人は、狂ったブラッジャーを避けながら地面に急降下した。

「なにをやってるんだ？」

観衆のスリザリン生が野次る中、集まった選手たちにウッドが詰問した。

「ボロ負けしてるんだぞ。フレッド、ジョージ――アンジェリーナがブラッジャーに邪魔されてゴールを決められなかったんだ。あのときどこにいたんだ？」

「オリバー、おれたち、その六メートルぐらい上のほうで、もう一つのブラッジャーがハリーを殺そうとするのを食い止めてたんだ」ジョージは腹立たしげに言った。「だれかが細工したんだ――ハリーにつきまとって離れない。ゲームが始まってからずっとハリー以外は狙わないんだ。スリザリンのやつら、ブラッジャーになにか仕掛けたにちがいない」

「しかし、最後の練習のあと、ブラッジャーはマダム・フーチの部屋に、鍵をかけてずっとしまったままだった。練習のときはなにも変じゃなかったぜ……」ウッドは心配そうに言った。

マダム・フーチがこちらへ向かって歩いてくる。その肩越しに、ハリーはスリザリン・チームが自分のほうを指さして野次っているのを見た。

「聞いてくれ」マダム・フーチがだんだん近づいてくるので、ハリーが意見を述べた。「君たち二人が、ずっと僕のまわりを飛び回っていたんじゃ、向こうから僕の袖《そで》の中にでも飛び込んでこないかぎり、スニッチを捕まえるのはむりだ。だから、二人とも定位置にもどってくれ。あの狂ったブラッジャーは僕にまかせて」

「ばか言うな」フレッドが言った。「頭を吹っ飛ばされるぞ」

ウッドはハリーとウィーズリー兄弟とを交互に見た。

「オリバー、そんなのありえないわ」アリシア・スピネットが怒った。「ハリー一人にあれをまかせるなんてだめよ。調査を依頼しましょうよ――」

「いま中止したら、没収試合になる！」ハリーがさけんだ。「たかが狂ったブラッジャー一個のせいで、スリザリンになんか負けられるか！　オリバー、さあ、僕を放っとくように、二人に言ってくれ！」

「オリバー、すべて君のせいだぞ。『スニッチをつかめ。然《しか》らずんば死あるのみ』――そんなばかなことをハリーに言うからだ！」ジョージが怒った。

マダム・フーチがやってきた。

「試合再開できるの？」ウッドに聞いた。

ウッドはハリーの決然とした表情を見た。

「よし」ウッドが言った。「フレッド、ジョージ。ハリーの言ったことを聞いただろう——ハリーを放っとけ。あのブラッジャーは彼一人にまかせろ」

雨はますます激しくなっていた。マダム・フーチのホイッスルで、ハリーは強く地面を蹴り、空に舞い上がった。あのブラッジャーが、はっきりそれとわかるビューという音をたてながらあとを追ってくる。高く、高く、ハリーは昇っていった。輪を描き、急降下し、螺旋《らせん》、ジグザグ、回転と、ハリーは少しくらくらした。しかし、目だけは大きく見開いていた。雨がメガネを点々と濡らした。またしても激しく上から突っ込んでくるブラッジャーを避けるため、ハリーは箒《ほうき》から逆さにぶら下がった。鼻の穴に、雨が流れ込んだ。観衆が笑っているのが聞こえる。——ばかみたいに見えるのはわかってる——しかし、狂ったブラッジャーは重いので、ハリーほどすばやく方向転換ができない。ハリーは競技場の縁に沿ってジェットコースターのような動きをしはじめた。目を凝らし、銀色の雨のカーテンを透かしてグリフィンドールのゴールを見ると、エイドリアン・ピュシーがゴールキーパーのウッドを抜いて得点しようとしていた……。

ハリーの耳元でヒュッという音がして、またブラッジャーがかすった。ハリーはくるりと向きを変え、ブラッジャーと反対方向に疾走した。

「バレエの練習かい？　ポッター」

ブラッジャーをかわそうと、ハリーが空中でくるくるとばかげた動きをしているのを見て、マルフォイがさけんだ。ハリーは逃げ、ブラッジャーはそのすぐあとを追跡してくる。憎らしいマルフォイを睨《にら》むように振り返ったハリーは、そのとき、見た！金色のスニッチを。マルフォイの左耳のわずかに上を漂っている――マルフォイは、ハリーを笑うのに気を取られて、まだ気づいていない。

スピードを上げてマルフォイのほうに飛びたい。それができない。マルフォイが上を見てスニッチを見つけてしまうかもしれないから。辛《つら》い瞬間だ。ハリーは空中で立ち往生した。

バシッ！

ほんの一瞬の隙を突いて、ブラッジャーがついにハリーを捕らえ、肘《ひじ》を強打した。腕が折れた、とハリーは感じた。燃えるような腕の痛みでぼうっとしながら、ずぶ濡れの箒《ほうき》の上でハリーは横ざまに滑った。使えなくなった右腕をだらんとぶら下げ、片足の膝《ひざ》だけで箒に引っかかっている。ブラッジャーが二度目の攻撃に突進してきた。今度は顔を狙っている。ハリーはそれをかわした。意識が薄れる中で、たった一つのことだけが脳に焼きついていた――マルフォイのところに行かなければ。

雨と痛みですべてが霞む中、ハリーは、下のほうにちらっちらっと見え隠れするマルフォイの嘲笑《あざわら》うような顔に向かって急降下した。ハリーが襲いかかってくると思ったのだろう――マルフォイの目が恐怖に大きく見開かれた。

「い、いったい――」マルフォイは息を呑《の》み、ハリーの行く手を避けて疾走した。

ハリーは折れていないほうの手を箒から離し、激しく空をかいた。――指が冷たいスニッチを感じた。もはや足だけで箒を挟み、気を失うまいと必死にこらえて、ハリーはまっしぐらに地面に向かって突っ込んだ。観衆からさけび声が上がった。バシャッと撥《は》ねを上げて、ハリーは泥の中に落ち、箒から転がり落ちた。腕が不自然な方向にぶら下がっている。痛みとうずきの中で、ワーワーというどよめきや口笛が遠雷のように聞こえた。無事なほうの手でしっかりとにぎったスニッチに、ハリーは全神経を集中した。

「あぁ」ハリーはかすかに言葉を発した。「勝った」

そして、気を失った。


顔に雨がかかり、ふと気がつくと、まだピッチに横たわったままだった。だれかが上から覗《のぞ》き込んでいる。輝くような歯だ。

「やめてくれ。よりによって」ハリーがうめいた。

「自分の言っていることがわかってないのだ」

心配そうにハリーを取り囲んでいるグリフィンドール生に向かって、ロックハートが高らかに言った。

「ハリー、心配するな。私が君の腕を治してやろう」

「やめて！」ハリーが言った。「僕《ぼく》、腕をこのままにしておきたいんです。かまわないで……」

ハリーは上半身を起こそうとしたとたん、激痛にうめいた。すぐそばで聞き覚えのある「カシャッ」という音が聞こえた。

「コリン、こんな写真は撮らないでくれ」ハリーは大声を上げた。

「横になって、ハリー」ロックハートがあやすように言った。「この私が、数え切れないほど使った簡単な魔法だからね」

「お願いです。医務室に行かせてもらえませんか？」ハリーが歯を食いしばりながら頼んだ。

「先生、そうするべきです」

泥まみれのウッドも進言してくれた。チームのシーカーがけがをしたというのに、ウッドはどうしても笑顔を隠せないでいる。

「ハリー、超すごいキャッチだった。すばらしいの一言だ。君のベストだ。うん」

まわりを囲む足の向こうに、フレッドとジョージが見えた。狂ったブラッジャーを箱に押し込めようと格闘中だ。ブラッジャーはまだがむしゃらに戦っている。

「みんな、下がって」ロックハートが翡翠《ひすい》色の袖《そで》をたくし上げながら言った。

「やめて――だめ……」

ハリーが弱々しい声を上げたが、ロックハートは杖《つえ》を振り回し、次の瞬間そのまままっすぐハリーの腕に向けた。

奇妙な気持ちの悪い感覚が、肩から始まり、指先までずうっと広がっていった。まるで腕がぺしゃんこになったような感じがした。なにが起こったのか、ハリーはとても見る気がしなかった。ハリーは目を閉じ、腕から顔をそむけた。予想した最悪の事態が起こったようだ。覗《のぞ》き込む人たちが息を呑《の》む姿と、コリン・クリービーが一心不乱に押すシャッター音でそれがわかる。腕はもう痛みはしなかった。――それどころか、もはやとうてい腕とは思えない感覚だった。

「あっ」ロックハートの声だ。「そう。まあね。ときにはこんなことも起こりますね。でも、要するにもう骨は折れていない。それが肝心だ。それじゃハリー、医務室まで気をつけて歩いていきなさい。――あっ、ウィーズリー君、ミス・グレンジャー、付き添っていってくれないかね？　――マダム・ポンフリーが、その――少し君を――あ――――きちんとしてくれるでしょう」

立ち上がったハリーは、なんだか体が傾いているような気がした。深呼吸のあと、体の右半分を見下ろしたとたんに、ハリーはまた失神しそうになった。

ローブの端から突き出ていたのは、肌色の分厚いゴム手袋のようなものだった。指を動かそうとしてみた。ぴくりとも動かない。

ロックハートはハリーの腕を治したのではない。骨を抜き取ってしまったのだ。

マダム・ポンフリーはお冠《かんむり》だった。

「まっすぐにわたしのところにくるべきでした！」

憤慨したまま、三十分前まではれっきとした腕だったがいまや哀《あわ》れな骨抜きの残骸《ざんがい》と化したものを持ち上げた。

「骨折ならあっという間に治せますが――骨を元通りに生やすとなると……」

「先生、できますよね？」ハリーはすがる思いだった。

「もちろん、できますとも。でも、痛いですよ」

マダム・ポンフリーは怖い顔でそう言うと、パジャマをハリーに放ってよこした。

「今夜はここに泊まらないと……」

ハリーがロンの手を借りてパジャマに着替える間、ハーマイオニーはベッドの周囲に張られたカーテンの外で待った。骨なしのゴムのような腕を袖《そで》に通すのに、かなり時間がかかった。

「ハーマイオニー、これでもロックハートの肩を持つって言うの？　えっ？」

ハリーの萎《な》えた指を袖口《そでぐち》から引き出しながら、ロンがカーテン越しに話しかけた。

「頼みもしないのに骨抜きにしてくれるなんて」

「だれにだってまちがいはあるわ。それに、もう痛まないんでしょう、ハリー？」

「ああ」ハリーが答えた。「痛みもないけど、おかげさまでなんにも感じないよ」

ハリーがベッドに飛び乗ると、腕は勝手な方向にパタパタはためいた。

カーテンの向こうからハーマイオニーとマダム・ポンフリーが現れた。マダムは『骨生《ほねは》え薬のスケレ・グロ』とラベルの貼ってある大きな瓶《びん》を手にしている。

「今夜は辛《つら》いですよ」

ビーカーになみなみと湯気の立つ薬を注ぎ、ハリーにそれを渡しながら、マダム・

ポンフリーが言った。

「骨を再生するのは荒療治です」

『スケレ・グロ』を飲むことがすでに荒療治だった。一口飲むと口の中も喉《のど》も焼けつくようで、ハリーは咳《せき》込んだり、咽《む》せたりした。マダム・ポンフリーは、「あんな危険なスポーツ」とか「能なしの先生」とか文句を言いながら出ていき、ロンとハーマイオニーが残って、ハリーが水を飲むのを手伝った。

「とにかく、僕たちは勝った」ロンは顔中をほころばせた。「ものすごいキャッチだったなあ。マルフォイのあの顔……殺してやる！って顔だったな」

「あのブラッジャーに、マルフォイがどうやって仕掛けをしたのか知りたいわ」

ハーマイオニーが恨みがましい顔をした。

「質問リストに加えておけばいいよ。ポリジュース薬を飲んでからあいつに聞く質問にね」ハリーはまた横になりながら言った。「さっきの薬よりましな味だといいんだけど……」

「スリザリンの連中の一部が入ってるんだぜ？　冗談言うなよ」ロンが切り返した。

そのとき、医務室のドアがパッと開き、泥まみれでびしょびしょのグリフィンドール選手全員がハリーの見舞いにやってきた。

「ハリー、超すごい飛び方だったぜ」ジョージが言った。「たったいま、マーカス・フリントがマルフォイをどなりつけてるのを見たよ。なんとか言ってたな――スニッチが自分の頭の上にあるのに気がつかなかった、とか。マルフォイのやつ、しゅんとしてたよ」

みながケーキやら菓子やらかぼちゃジュースやらを持ち込んで、ハリーのベッドのまわりに集まり、まさに楽しいパーティが始まろうとしていた。その矢先にマダム・ポンフリーが鼻息も荒く入ってきた。

「この子は休息が必要なんですよ。骨を三十三本も再生させるんですから。出ていきなさい！　出なさい！」

ハリーはこうしてひとりぼっちになり、だれにも邪魔されずに萎《な》えた腕のズキズキする痛みとたっぷりつき合うことになった。

何時間もが過ぎた。真っ暗闇の中、ハリーは急に目を覚まし、痛みで小さく悲鳴を上げた。腕はいまや、大きな棘がぎゅう詰めになっているような感覚だった。一瞬、この痛みで目が覚めたのだと思った。ところが、闇の中でだれかがハリーの額《ひたい》の汗をスポンジで拭《ぬぐ》っている。ハリーは恐怖でぞくっとした。

「やめろ！」ハリーは大声を出した。そして――。

「ドビー！」

あの屋敷《やしき》しもべ妖精《ようせい》の、テニス・ボールのような大きな目玉が、暗闇を透かしてハリーを覗《のぞ》き込んでいた。一筋の涙が、長いとがった鼻を伝ってこぼれた。

「ハリー・ポッターは学校にもどってきてしまった」ドビーが打ちひしがれたようにつぶやいた。「ドビーめが、ハリー・ポッターになんべんもなんべんも警告したのに。あぁ、なぜあなた様はドビーの申し上げたことをお聞き入れにならなかったのですか？　汽車に乗り遅れたとき、なぜにお帰りにならなかったのですか？」

ハリーは体を起こして、ドビーのスポンジを押し退《の》けた。

「なぜここにきたんだい？　それに、どうして僕が汽車に乗り遅れたことを知ってるの？」

ドビーは唇を震わせた。ハリーは突然、もしやと思い当たった。

「あれは、君だったのか！」ハリーはゆっくりと言った。

「僕たちがあの柵を通れないようにしたのは君だったんだ」

「そのとおりでございます」ドビーが激しくうなずくと、耳がパタパタはためいた。「ドビーめは隠れてハリー・ポッターを待ち構えておりました。そして入口を塞《ふさ》ぎました。ですから、ドビーはあとで、自分の手にアイロンをかけなければなりませんでした――」

ドビーは包帯を巻いた十本の長い指をハリーに見せた。

「――でも、ドビーはそんなことは気にしませんでした。これでハリー・ポッターは安全だと思ったからです。ハリー・ポッターが別の方法で学校へ行くなんて、ドビーめは夢にも思いませんでした！」

ドビーは醜い頭を振りながら、体を前後に揺すった。

「ドビーめはハリー・ポッターがホグワーツにもどったと聞いたとき、あまりにも驚いたため、ご主人様の夕食を焦がしてしまったのです！　あんなにひどく鞭打《むちう》たれたのは、はじめてでございました……」

ハリーは枕に体をもどして横になった。

「君のせいでロンも僕も退校処分になるところだった」ハリーは声を荒らげた。

「ドビー、僕の骨が生えてこないうちに、とっとと出ていったほうがいい。じゃないと、君を絞め殺してしまうかもしれない」

ドビーは弱々しくほほえんだ。

「ドビーめは殺すという脅しには慣れっこでございます。お屋敷では、一日五回も六回も脅されます」

ドビーは、自分が着ている汚らしい枕カバーの端で鼻をかんだ。その様子があまりにも哀れで、ハリーは思わず怒りが潮《しお》のように引いていくのを感じた。

「ドビー、どうしてそんな物を着ているの？」ハリーは好奇心から聞いた。

「これは、屋敷しもべ妖精が、奴隷だということを示しているのでございます。ドビーめはご主人様が衣服をくださったとき、はじめて自由の身になるのです。ご家族全員が、ドビーには靴下の片方さえ渡さないよう気をつけるのでございます。もし渡せば、ドビーは自由となり、その屋敷から永久にいなくなってもよいのです」

ドビーは飛び出した目を拭《ぬぐ》い、出し抜けにこう言った。

「ハリー・ポッターはどうしても家に帰らなければならない。ドビーめは考えました。ドビーのブラッジャーでそうさせることができると――」

「君のブラッジャー？」怒りがまた込み上げてきた。「いったいどういう意味？　君のブラッジャーって？　君が、ブラッジャーで僕を殺そうとしたの？」

「殺そうなどと、滅相《めっそう》もない！」ドビーは驚愕した。「ドビーめは、ハリー・ポッターの命をお助けしたいのです！　ここに留まるより、大けがをして家に送り返されるほうがよいのでございます！　ドビーめは、ハリー・ポッターが家に送り返される程度にけがをするようにしたかったのです！」

「その程度のけがって言いたいわけ？」ハリーは怒っていた。

「僕がバラバラになって家に送り返されるようにしたかったのは、いったいなぜなんだい。話してよ」

「嗚呼《ああ》、ハリー・ポッターが、おわかりくださればよいのに！」

ドビーはうめき、またポロポロとボロ枕カバーに涙をこぼした。

「あなた様がわたくしどものように、卑しい奴隷の、魔法界のクズのような者にとって、どんなに大切なお方なのか、おわかりくださっていれば！　ドビーめは覚えております。『名前を呼んではいけないあの人』が権力の頂点にあったときのことをでございます！　屋敷しもべ妖精のわたくしどもは、害虫のように扱われたのでございます」

ドビーは、涙で濡れた顔を枕カバーで拭《ふ》きながら「もちろん、ドビーめはいまでもそうでございます」と認めた。

「でも、あなた様が『名前を呼んではいけないあの人』に打ち勝ってからというもの、わたくしどものような者にとって、生活は全体によくなったのでございます。ハリー・ポッターが生き残った。闇の帝王の力は打ち砕かれた。それは新しい夜明けでございました。暗闇の日に終わりはないと思っていたわたくしどもにとりまして、ハリー・ポッターは希望の道標《みちしるべ》のように輝いたのでございます……。それなのに、ホグワーツで恐ろしいことが起きようとしている。もう起こっているのかもしれません。ですから、ドビーめはハリー・ポッターをここに留まらせるわけにはいかないのです。歴史が繰り返されようとしているのですから。またしても『秘密の部屋』が開かれたのですから――」

ドビーはハッと恐怖で凍りついたようになり、やにわにベッドの脇机にあったハリーの水差しをつかみ、自分の頭にぶっつけて、ひっくり返って見えなくなってしまった。次の瞬間、「ドビーは悪い子、とっても悪い子……」とブツブツ言いながら、目をくらくらさせ、ドビーはベッドの上に這《は》いもどってきた。

「やっぱり、『秘密の部屋』は本当にあるんだ?」ハリーがつぶやいた。「――君、それが以前にも開かれたことがあるって言ったね? 教えてよ、ドビー!」

ドビーの手がそろそろと水差しへと伸びたので、ハリーはそのやせこけた手首をつかんで押さえた。

「だけど、僕はマグル出身じゃない――それなのにどうしてその部屋が僕にとってならないで」

危険だと言うの？」

「あぁ。どうぞもう聞かないでくださいまし。哀れなドビーめにもうおたずねにな

ドビーは暗闇の中で大きな目を見開いて口ごもった。

「闇の罠《わな》がここに仕掛けられています。それが起こるとき、ハリー・ポッターはここにいてはいけないのです。家に帰って。ハリー・ポッター、家に帰って。ハリー・ポッターはそれにかかわってはいけないのでございます。危険すぎます——」

「ドビー、いったいだれが？」

ドビーがまた水差しで自分をたたいたりしないよう、手首をしっかりつかんだまま、ハリーが聞いた。

「今度はだれがそれを開いたの？　以前に開いたのはだれだったの？」

「ドビーには言えません。言えないのでございます。ドビーは言ってはいけないのです！」

しもべ妖精はキーキーさけんだ。「家に帰って。ハリー・ポッター、家に帰って！」

「僕は帰らない！」ハリーは激しい口調で言った。「僕の親友の一人はマグル生まれ

だ。もし『部屋』が本当に開かれたのなら、彼女が真っ先にやられる――」

「ハリー・ポッターは友達のために自分の命を危険にさらす！」ドビーは悲劇的な恍惚感《こうこつかん》でうめいた。「なんと気高い！　なんと勇敢な！　でも、ハリー・ポッターは、まず自分を助けなければいけません。そうしなければ。ハリー・ポッターはけっして……」

ドビーは突然凍りついたようになり、コウモリのような耳がぴくぴくした。ハリーにも聞こえた。外の廊下をこちらに向かってくる足音がする。

「ドビーは行かなければ！」

しもべ妖精は恐怖におののきながらつぶやき、パチッと大きな音がしたとたん、ハリーの手は空《くう》をつかんでいた。ふたたびベッドに潜り込み、ハリーは医務室の暗い入口に目を向けた。足音がだんだん近づいてくる。

次の瞬間、ダンブルドアが後ろ向きで入ってきた。長いウールのガウンを着てナイトキャップをかぶっている。石像のような物の片端を持って運んでいる。そのすぐあと、マクゴナガル先生が石像の足のほうを持って現れた。二人は持っていたものをドサリとベッドに降ろした。

「マダム・ポンフリーを――」ダンブルドアがささやいた。

マクゴナガル先生は、ハリーのベッドの端を急いで通り過ぎ、姿が見えなくなった。ハリーは寝ているふりをしてじっと横たわっていた。あわただしい声が聞こえてきたと思うと、マクゴナガル先生が姿を現した。そのすぐあとにマダム・ポンフリーが、寝間着の上にカーディガンを羽織りながら従っていた。ハリーの耳にあっと息を呑《の》む声が聞こえた。

「なにがあったのですか？」

ベッドに置かれた石像の上にかがみ込んで、マダム・ポンフリーがささやくようにダンブルドアにたずねた。

「また襲われたのじゃ。ミネルバがこの子を階段のところで見つけてのう」

「この子のそばに葡萄《ぶどう》が一房落ちていました」マクゴナガル先生の声だ。

「たぶんこの子はこっそりポッターのお見舞いにこようとしたのでしょう」

ハリーは胃袋がひっくり返る思いだった。ゆっくりと用心深く、ハリーはわずかに身を起こし、向こうのベッドの石像を見ようとした。一条の月明かりが、目をカッと見開いた石像の顔を照らし出していた。

コリン・クリービーだった。目を大きく見開き、手を前に突き出してカメラを持っている。

「石になったのですか？」マダム・ポンフリーがささやいた。

「そうです」マクゴナガル先生だ。「考えただけでもぞっとします……アルバスがココアを飲みたくなって階段を下りていらっしゃらなかったら、いったいどうなっていたかと思うと……」

三人はコリンをじっと見下ろしている。ダンブルドアはちょっと前屈《かが》みになってコリンの指をこじ開けるようにして、にぎりしめているカメラを外した。

「この子が、襲った者の写真を撮っているとお思いですか？」マクゴナガル先生が熱を込めて言った。

ダンブルドアはなにも言わず、カメラの裏ぶたをこじ開けた。

シューッと音をたてて、カメラから蒸気が噴き出した。

「なんてことでしょう！」マダム・ポンフリーが声を上げた。

三つ先のベッドから、焼けたプラスチックのつーんとする臭いがハリーのところまで漂ってきた。

「溶けている」マダム・ポンフリーが腑《ふ》に落ちないという顔をした。「全部溶けている……」

「アルバス、これはどういう意味なのでしょう？」マクゴナガル先生が急き込んで聞いた。

「その意味は」ダンブルドアが言った。「『秘密の部屋』がふたたび開かれたということじゃ」

マダム・ポンフリーはハッと手で口を覆い、マクゴナガル先生はダンブルドアをじっと見つめた。

「でも、アルバス……いったい……だれが？」

「だれがという問題ではないのじゃ」ダンブルドアはコリンに目を向けたまま言った。「問題は、どうやってじゃよ……」

ハリーは、薄明かりの中でマクゴナガル先生の表情を見た。マクゴナガル先生でさえ、ハリーと同じようにダンブルドアの言ったことがわからないようだった。

本書は
単行本二〇〇〇年九月　静山社刊
携帯版二〇〇四年十月　静山社刊
を二分冊にした1です。

装画　おとないちあき
装丁　坂川事務所

ハリー・ポッター文庫③
ハリー・ポッターと秘密の部屋〈新装版〉2 - 1
2022年5月10日　第1刷

作者　J.K.ローリング
訳者　松岡佑子

発行者　松岡佑子
発行所　株式会社静山社
〒102-0073　東京都千代田区九段北1-15-15
TEL 03(5210)7221
印刷・製本　中央精版印刷株式会社

ISBN 978-4-86389-682-6　printed in Japan